SILKE PORATH/
ANDREAS C. BRAUN

Klostergeist

GEFALLENER ENGEL Pater Pius, Superior des Spaichinger Konvents, feiert mit seinen Brüdern die Morgenmesse auf dem Dreifaltigkeitsberg. Als die Brüder in den kühlen Novembermorgen hinaustreten, fällt ein Mensch vom Klosterturm – direkt vor Pius' Füße: Es ist Manfred Engel, der Bürgermeister der kleinen Stadt. Die charmante Schwäbin Verena Hälble, Kommissarin aus Rottweil, und ihr Kollege Thorben Fischer, ein »Neigschmeckter« aus Norddeutschland, leiten die Ermittlungen. Schnell ist klar: Engel hat sich nicht selbst getötet. Ins Fadenkreuz des Paters und der Kommissarin geraten Engels Witwe, sein Cousin, der Bankier Engel sowie dessen Frau, ein Gemeinderat und eine adrette Wirtin. Als dem neugierigen Pater Pius beim Trauergespräch mit der Witwe »zufällig« ein Kontoauszug in die Tasche seiner Kutte flattert, mischt auch er sich ein. Die Liebe, der Vatikan, ein Müllskandal und allerlei Intrigen halten den unkonventionellen Pater auf Trab …

Silke Porath, Jahrgang 1971, lebt mit Mann und drei Kindern im schwäbischen Spaichingen. Sie arbeitete lange Jahre als Zeitungsredakteurin und PR-Beraterin in verschiedenen Agenturen. Seit 2001 ist sie als Schreibtrainerin für Kinder und Dozentin für Kreatives Schreiben tätig. Mit »Klostergeist« gibt die Autorin mehrerer Romane und vielfach ausgezeichneter Kurzgeschichten ihr Debüt als Krimiautorin.

Andreas C. Braun wurde 1964 in Stuttgart geboren und lebt heute in Würzburg. An der Universität Tübingen studierte er Humanmedizin. Nach dem Physikum zog es ihn jedoch in eine ganz andere Richtung: In Würzburg absolvierte er ein Studium der Kunstgeschichte, Archäologie und Geschichte. Heute ist er als Marketing-Manager in der Industrie tätig. »Klostergeist« ist seine erste Romanveröffentlichung.

Bisherige Veröffentlichungen im Gmeiner-Verlag:
Klostergeist (2011)

SILKE PORATH /
ANDREAS C. BRAUN

Klostergeist

Kriminalroman

GMEINER Original

Personen und Handlung sind frei erfunden.
Ähnlichkeiten mit lebenden oder toten Personen
sind rein zufällig und nicht beabsichtigt.

Besuchen Sie uns im Internet:
www.gmeiner-verlag.de

Im Ehnried 5, 88605 Meßkirch
Telefon 07575/2095-0
info@gmeiner-verlag.de

3. Auflage 2012

Lektorat: Claudia Senghaas, Kirchardt
Herstellung / Korrekturen: Julia Franze / Susanne Tachlinski, René Stein
Umschlaggestaltung: U.O.R.G. Lutz Eberle, Stuttgart
unter Verwendung eines Fotos von: Silke Porath
Druck: GGP Media GmbH, Pößneck
Printed in Germany
ISBN 978-3-8392-1124-3

Für unsere Lieben!

TAG 1

Hier ist Radio Donauwelle, euer Sender für den Kreis Tuttlingen. Für euch am Mikro eure Nachteule Regina. Es ist 4.45 Uhr, aber wir halten euch wach! An alle Nachtschwärmer da draußen: Geht nach Hause, heute wird ein grauer Tag, ideal fürs Sofa und euer Radio. Wer jetzt aufstehen muss: Wir machen euch fit für den Tag! In der Volkshochschule beginnt heute der Acrylkurs für Einsteiger, pünktlich um neun, Pinsel und Wasserbecher nicht vergessen! Passend dazu spielt euch eure Donauwelle jetzt ›Paint it Black‹! Zuvor noch ein Hinweis: In Rietheim steht ein Blitzer in Höhe der alten Tankstelle. Also Fuß vom Gas und Lautsprecher an für die Stones!

Pater Pius fröstelte, als er sich mit einem tiefen Seufzen aus dem Bett schälte. Der Digitalwecker auf seinem Nachttisch piepste penetrant. Die roten Leuchtziffern zeigten ›4:45‹ an. Pius tastete nach der Austaste. Himmlische Ruhe breitete sich in der Klosterzelle aus. Am liebsten hätte der Pater sich wieder in die Kissen zurückfallen lassen. Obwohl er nun schon seit über 30 Jahren im Brüderlichen Orden lebte – an das Aufstehen zu nachtschlafender Stunde hatte er sich nie gewöhnt.

Pius knipste die kleine Lampe an, die neben dem Bett stand. Im Schein der Funzel erkannte der Pater den Schreibtisch an der gegenüberliegenden Wand. Den Stuhl, auf den er am Vorabend achtlos seine Kutte geworfen hatte. Von der Zimmerecke lächelte ihm mit gequälter Miene die hölzerne Figur des Herrn Jesus Christus am Kreuz zu.

»Du bist auch noch müde, gell?«, murmelte Pius und nickte dem Kruzifix zu. Dann schlüpfte er in die Pantoffeln, die vor dem schmalen Bett standen. Seine Knie schienen zu knirschen und zu ächzen, als er sich schließlich erhob. Der Pater brummte grimmig – musste der liebe Herrgott ihn jeden Morgen mit einem Zipperlein begrüßen und ihn so an seine 63 Lebensjahre erinnern?

»Dein Vater, Herr Jesus, kann grausam sein«, dachte der Pater laut, und erschrak sogleich ob seiner Anmaßung. Schnell bekreuzigte er sich und bat den Herrgott im Stillen um Verzeihung. Für einen Moment fühlte er sich wieder wie der kleine Junge, der der Mutter widersprochen hatte. Sie würde es dem Vater sagen und der würde ihn oder seinen Bruder am Abend zur Rede stellen. Oder die Hand erheben, sodass ihm, dem kleinen Jungen, nur die Flucht in seine Traumwelt blieb. Und der Blick zum Kruzifix an der Wand des Wohnzimmers. Der hölzerne Heiland lächelte. Immer. Auch dann, wenn der Vater schimpfte. Pius rieb sich die Augen, um den letzten Schlaf zu vertreiben.

Vom Gang her drang ein schlurfendes Geräusch herein.

»Der gute Josef ist wieder der Erste«, brummte Pius und schälte sich aus seinem Schlafanzug. Sein Blick fiel auf seine Silhouette, die sich im Fenster spiegelte. Draußen war es stockfinstere Nacht und der Pater konnte nur erahnen, wo der Turm der Dreifaltigkeitsberg-Kirche in den Himmel ragte. Seit der Gemeinderat von Spaichingen auf Sparkurs gegangen war, durfte das Kreuz aus Neonröhren, welches auf der Turmspitze prangte und den Gläubigen und anderen Menschenkindern in Dunkelheit den Weg zum Berg wies, nur noch bis Mitternacht brennen.

Pius schlüpfte in seine Kutte und warf einen kurzen Blick auf seinen Schreibtisch. Briefe – die meisten ungeöffnet – und Bücher stapelten sich zu chaotischen Türmen, die jeden Moment in sich zusammenzustürzen drohten.

»Warum steigst du nicht herab und sagst den Menschen, sie sollen weniger schreiben?«, flüsterte Pius dem Kruzifix zu. »Dann hätte ich mehr Zeit für die Seelsorge selbst.« Pius wartete nicht auf eine Antwort. Manchmal, wenn er ganz ruhig war, schickte ihm dieser Christus dort aus der Zimmerecke Gedanken und Eingebungen. Doch zu so früher Stunde schien auch das Kruzifix noch zu schlafen.

Pius ging zum Waschbecken, das hinter einem Vorhang verborgen in der Zimmerecke angebracht war. Rasch putzte er sich die Zähne und wusch sein Gesicht mit eiskaltem Wasser. Das Handtuch kratzte an den Bartstoppeln, doch für eine Rasur blieb ihm keine Zeit mehr. In drei Minuten würden die Glocken zur Laudes läuten. Der Pater nahm den hölzernen Rosenkranz vom Wandhaken und legte ihn sich im Hinausgehen um den Hals. Dann hastete er den spärlich beleuchteten Gang entlang, die drei Treppen hinunter, durch den unbeheizten Flur und hinaus auf den Hof.

Sein Atem puffte in kleinen Wölkchen aus dem Mund, als Pius über den Kiesweg zur Kirche eilte. Die schwere Tür am Seitenschiff knarzte, als er sie öffnete und in das von Altarkerzen spärlich beleuchtete Kircheninnere trat. Seine Finger tauchten in das eisige Weihwasserbecken. Pater Pius bekreuzigte sich, machte einen Kniefall vor dem Altar und ließ sich in die Bank gleiten.

Neben ihm saß Pater Josef, das Gesicht tief über die gefalteten Hände gebeugt. Der Bruder Pförtner strömte den säuerlichen Geruch des Schlafes aus. Pius unterdrückte mit Mühe ein Gähnen. Josef nickte ihm stumm zu. Pius neigte sein Haupt. Unter den halb geschlossenen Lidern machte er die Gestalten der Brüder aus. Johannes, der sicher im Geiste schon die Zutaten für das Mittagessen durchging. Ortwin, der gleich nach dem Frühstück nach Spaichingen fahren würde, um eine vierte Klasse der Rupert-Mayer-Schule zu unterrichten. Bruder Sunil, der unter seiner Kutte einen dicken, kratzigen Pullover trug und dennoch jämmerlich fror – der Philippine mit den glänzenden schwarzen Augen war als Missionar nach Deutschland geschickt worden. Wie grotesk, dachte Pius. Schon paradox: Da kommt ein Spätmissionierter aus einem Entwicklungsland und missioniert nun seine ehemaligen Missionare, weil die das Glauben verlernt haben. Pater Pius kniff die Augen und den Mund zusammen. Ein Kichern drängte seine Kehle hinauf, als er an die Scherze dachte, die die Brüder vor Sunils Ankunft wegen dessen Namen gemacht hatten. »Wenn einer heißt wie ein Waschmittel, der muss ja eine weiße Weste haben«, erinnerte Pius sich an einen der Sprüche. Mit Mühe schaffte er es, nicht zu grinsen, als er sich schließlich erhob, aus der Bank rutschte und zum Altar nach vorne ging. Den Rücken den Brüdern zugewandt und noch immer ein Lächeln auf den Lippen, begann er, die Frühmesse zu lesen. Bald schon hüllten die Klänge der Orgel, wie immer gespielt von Pater Wolfgang, und die ewig gleichen Gebetsformeln seinen Geist ein. Pius versank im Gebet und mit jedem Atemzug, den er tat, wurde er wacher. Der Pater ließ sich von den Psalmen tragen und spürte, wie die Kraft, welche der Glauben und die Gemeinschaft ihm gaben, sein Herz erfüllte. Doch anders als an anderen Tagen durchflutete ihn heute keine Welle der Ruhe. Ihm war, als surrten Schmetterlinge durch seinen Kopf. Nervöses Flügelschlagen vibrierte in seinem Magen. Pius wurde unruhig – und konnte doch nicht fassen, warum.

Mit Mühe gelang es ihm, die 20 Minuten bis zum Ende der Laudes am Altar zu stehen, ohne von einem Bein auf das andere zu treten. Hatte er etwas vergessen? Wartete eine unangenehme Aufgabe auf ihn? War diese Woche die Pfarrvertretung in Tuttlingen oder erst nächste? Hatten sich Besucher angekündigt? Pius' Gedanken flogen, ohne zu erfassen, was ihn so nervös machte. Als er schließlich mit einem kräftigen »Amen« die Frühmesse beendete und als Erster aus der Kirche hinaus in den dämmernden Morgen trat, gelang es ihm, seine Unruhe wegzuwischen. Unten im Tal flammten in den Häusern die ersten warmgelben Lichter auf. Spaichingen erwachte langsam aus dem Schlaf der Kleinstadt. Die Mütter weckten die Kinder, welche in einer Stunde in der Schule sein mussten. Die ersten Väter verließen das Haus, um in der Maschinenfabrik oder beim Nudelmacher ihren Platz an den Maschinen einzunehmen.

Von Ferne ratterte der Ringzug aus Tuttlingen heran. Die schwachen Lichter aus den beiden Waggons schlängelten sich wie ein Lindwurm entlang der Prim.

Pius fuhr herum, als er eine Hand auf seiner Schulter spürte.

»Frierst du nicht?«, fragte Sunil. Die schwarzen Augen des Paters blitzten über der schnupfentriefenden Nase.

»Ich nicht, aber du solltest ins Haus gehen«, antwortete Pius und klopfte dem Bruder auf die Schulter. »So schön der Blick von hier oben auch sein mag – das angenehme Klima deiner Heimat haben wir hier nicht.«

Sunil lächelte gequält. »Nein, an diese Kälte werde ich mich nie gewöhnen. Da helfen auch all die Pullover nicht, die mir die Damen vom Bibelkreis stricken.«

»Dir stricken sie immerhin Pullover aus guter Wolle, ich werde nur mit kratzenden Socken versorgt.« Pius lachte schallend – und schrie dann erschrocken auf: Mit einem dumpfen Klatschen knallte etwas Großes, Schwarzes auf den Boden vor seinen Füßen. Heiße Flüssigkeit spritzte in sein Gesicht. Pater Sunil quietschte wie ein geschlagenes Tier und sprang zur Seite. Pius riss die Augen auf – vor ihm auf dem Kies lag der Körper eines Mannes.

Ungläubig blickte der Pater vom Leib auf dem Boden zum Kirchturm hinauf und wieder zurück. Atemlose Sekunden verrannen, bis Pius sich wie ferngesteuert auf die Knie sinken ließ. Seine Hände zitterten, als er den Rücken des Mannes berührte. Dessen Schulter, die Arme. Unter dem Kopf, der mit dem Gesicht nach unten lag, sickerte Blut hervor und färbte die weißen Kiesel rot. Pius tastete nach dem Hals des Mannes. Suchte die Schlagader. Hoffte auf ein Pulsieren. Doch da war nichts.

»Oh mein Gott.« Sunil stöhnte und ließ sich auf den Boden sinken. Der Pater barg das Gesicht in den Händen.

In dem Moment, als Pius an den Schultern des Mannes ruckte und den Leichnam auf den Rücken drehte, traten die Mitbrüder aus der Kirchenpforte. Irgendwo krächzte ein Vogel. Der Kies knirschte leise, als der Tote auf dem Rücken zu liegen kam. Pius öffnete den Mund, doch es entwich kein Schrei. Der Pater starrte in das verunstaltete Gesicht von Manfred Engel. Der Bürgermeister glotzte aus hohlen, toten Augen zurück.

Hier ist Radio Donauwelle, euer Sender für Tuttlingen! Am Mikrofon ist noch immer eure Nachteule Regina. Eben kommt eine Pressemitteilung aus dem Rathaus herein. Alle Achtung, die Tuttlinger Beamten machen Frühschicht! Ah ja … das ist ein Hinweis, dass ab sofort der Vorverkauf für den Honbergsommer startet. Sag ich doch, Frühaufsteher picken die besten Körner. Mein Tipp an euch: Verschenkt doch Karten für den genialen Tim Fischer oder die Abba-Coverband zu Weihnachten!

Ich geh dann mal nach Hause. Draußen am Regler steht schon Kollege Steven, um euch durch den Morgen zu begleiten. Steven, Schätzchen, koch Kaffee, du siehst müde aus.

Ein Hinweis an die Autofahrer: In Rietheim steht noch immer ein Blitzer in Höhe der alten Tankstelle.

Das war's von mir für diese Nacht. Macht euch einen tollen Tag! Für alle, die eben aus dem Bett krabbeln, kom-

men hier die legendären Wham mit ›Wake me up, before you gogo‹.

Kommissar Thorben Fischer lag, in dicke Daunen gebettet, auf dem Rücken und ging seiner nächtlichen Lieblingsbeschäftigung nach – er schnarchte. Und zwar immer so lange, bis er, lauter werdend, selbst davon erwachte, sich unwirsch und mit einem Ruck auf die Seite warf und wieder einschlummerte.

Gerade hatte sich dies zum neunten Mal in dieser Nacht wiederholt und er war im Halbschlaf wieder beim Segeln am Bodensee angelangt, als plötzlich die Schiffssirene ertönte. ›Tut-tuuut‹. Wie aus dem Nichts kam der Bodenseedampfer direkt auf ihn und seine kleine Jolle zu und ließ unaufhörlich die Sirene hören. Kurz vor der Kollision schreckte Fischer mit geweiteten Augen und offenem Mund hoch, aber das Tuten wollte nicht aufhören. Als er die Schlafbrille abzog, begriff er allmählich, dass sein Handy auf dem Designer-Nachttisch klingelte und vibrierend tanzte, fuhr sich mit den Händen über die leicht verquollenen Augen, ärgerte sich über sich selbst, dass er ausgerechnet dieses Tuten als neuen Klingelton gewählt hatte, blickte auf den Wecker, was seine Miene weiter verdüsterte, und nahm das Gespräch an.

Es war Verena Hälble, die leitende Kommissarin in Rottweil, was, wenn es möglich gewesen wäre, seine Laune noch weiter gesenkt hätte. Verena Hälble war nämlich nicht nur seine um zwei Jahre jüngere Vorgesetzte, sie war auch trotz bereits sechswöchiger Bemühungen seit seiner Ankunft in Spaichingen seinem grandiosen Charme noch nicht erlegen.

Und nicht nur das, sie hatte immer das letzte Wort – und das war meist auch noch ein kluges, wie er sich verdrossen eingestehen musste

»Thorben, genug geschnarcht, Manfred Engel liegt tot auf dem Dreifaltigkeitsberg, ist vom Turm der Kapelle gestürzt. Ich hole dich in 11 Minuten und 27 Sekunden vor deiner Haustüre ab.« Das war typisch Hälble. Seit ihrer Schulzeit am Gymnasium in Spaichingen – und später am Immanuel-Kant-Gymnasium in Tuttlingen, wegen schlechter Noten, aber das war ein anderes Kapitel – wettete sie mit sich selbst um die Dauer aller Wegstrecken. Egal ob mit dem Auto, dem Fahrrad oder zu Fuß – sie wettete um ein Stück Kuchen oder ein süßes Stückle. Nachdem sie aber viel zu oft gegen sich gewonnen hatte und die vielen Kuchen und süßen Stückle langsam sichtbare Ablagerungen zeigten, hatte sie im letzten Jahr begonnen, zu den Minuten noch die Sekunden dazuzunehmen, was die Anzahl des gewonnenen Backwerks deutlich reduzierte, damit aber auch ihr Gewicht und die Freundlichkeit ihres Bäckers.

Nach 11 Minuten und 31 Sekunden kreuzte Verena Hälble vor Fischers Wohnung auf.

So ein Mist, wenn ich nicht hinter diesem blöden Lastwagen gehangen hätte!, dachte sie gerade, als auch schon Thorben Fischer die Beifahrertür öffnete und einstieg.

Hälble rümpfte die Nase. »Thorben, hast du wieder in diesem unsäglichen Rasierwasser gebadet?« Der Kälte des frühen Novembermorgens zum Trotz drückte sie mit beiden Händen auf sämtliche Knöpfe ihrer Fensterheber.

Fischer war geschniegelt und gebügelt. Der blonde Hüne

mit der weichen Haarwelle über der Stirn, die er gerne effektvoll zurückstrich, trug schwarze Budapester, eine dunkelgraue Wollhose bester Provenienz, die ein Armani-Gürtel an den schlanken Hüften hielt. Darüber ein blütenweißes Hemd, um seinen Hals war ein cremefarbener Seidenschal mit Paisley-Muster in den Hemdkragen geschlungen. Es folgte ein kariertes Tweed-Jackett mit Lederbesatz und -knöpfen und ein schwarzer Paletot aus vielen Metern feinstem Kaschmir, der jedem Startenor zur Ehre gereicht hätte.

Verena dagegen hatte sich schnell in ihre Jeans und die bequemen Timberland-Boots geworfen, einen hellblauen Rollkragen-Pullover darüber gezogen und war in ihre Daunenjacke geschlüpft.

Sie legte den Gang ein, fuhr in hohem Tempo die Gartenstraße entlang und bog dann in die Dreifaltigkeitsstraße ein, die direkt zum Kloster führte.

Keine zehn Minuten zuvor war die morgendliche Ruhe auf dem Berg einer hektischen Betriebsamkeit gewichen. Mittlerweile war es kurz nach sechs und die Sonne begann so langsam, die Schatten der Nacht aus dem Tal zu fegen. Nur wenige Bürger sahen die Prozession aus Blaulichtern, die sich den Berg hinaufschlängelte. Dem Notarztwagen folgten die beiden Streifenwagen der Spaichinger Wache. Dahinter fuhr der Feuerwehrkommandant in dem erst vor einem halben Jahr angeschafften knallroten Passat. Den Schluss bildete der Krankenwagen, an dessen Steuer ein mit der Müdigkeit kämpfender DRK-Mann saß.

Der Färber-Bauer verdrehte die Augen, als er die Blaulichtkolonne an seinem Hof vorbeirasen sah. Missmutig klatschte er das Heu in die Schubkarre, um die Kühe zu füttern. »So, hett sich au mol wieder ein Jogger sein Glenk verrenkt«, brummte der Färber. »Sälbr schuld, koin Mensch muss uff den Berg renna.« Ihm waren, wie vielen alteingesessenen Spaichingern, die Sportler, welche den Berg und besonders den Prozessionsweg durch den Wald zum Training nutzten, suspekt. Warum führte eine bequeme Straße zum Kloster und der benachbarten Gaststätte? Eben! Aber hätte der Bauer geahnt, dass kein verunglückter Jogger Ziel von Polizei und Arzt waren – sicher hätte er seine Mistgabel in die Ecke geschmissen und sich mit seinem Traktor auf den Weg zum Kloster gemacht.

Als Hälble und Fischer auf dem Berg ankamen, sahen sie schon von Weitem die Gruppe unterhalb des Turmes, deren äußerer Ring die entsetzt gestikulierenden Brüder in ihren dunklen Kutten bildete. Polizeimeister Eugen Weckerle war gerade dabei, die Unglücksstelle mit einem Band abzusperren, als er die beiden Kommissare erkannte und zur Kapelle durchließ, was Verena mit einem »Grüß Gott, Weckerle« und Thorben mit einem knappen »Tach« beantworteten. Weckerle quittierte Letzteres wiederum mit einem nicht sehr freundlichen Stirnrunzeln und einem leise gemurmelten »Fischkopf.«

Thorben Fischers bisherige Stationen waren in Kiel, Hamburg, Bremen und Bremerhaven gewesen und überall hatte er eine Exfreundin hinterlassen. Er hatte es sich angewöhnt, nach einer Trennung lieber die Stadt zu wechseln und nicht seine schlechten Gewohnheiten, wie zum

Beispiel, sich neben jeder Freundin mindestens noch eine Geliebte zu halten oder sich zu Hause als Pantoffelheld aufzuführen. Als dann nach seiner vierten gescheiterten Beziehung rund um seine Heimatstadt Husum die norddeutschen Großstädte knapp wurden, entschloss er sich, sein Glück im Süden zu suchen.

Fischers kurzes Gastspiel im Stuttgarter Polizeirevier Süd endete allerdings bereits nach wenigen Wochen mit einem kleinen Eklat: Als Carlo Guiccetti, genannt Carletto il Diavolo, der leutselige Besitzer mehrerer italienischer Restaurants in der Stuttgarter Innenstadt mit absolut zu vernachlässigenden Kontakten zur Mafia, wegen Drogenhandels in größerem Stil nach einem Überraschungscoup der Polizei im Stuttgarter Hafen frühmorgens in seinem Haus festgenommen wurde, fand man Fischer bei der anschließenden Durchsuchung von Guiccettis Wohnhaus im ersten Stock. Im Zimmer von Carlos Tochter. Mit der Tochter, aber ohne Kleider. Papa Carletto war auf einmal gar nicht mehr leutselig und stieß eine Kakofonie italienischer Verwünschungen gegen Fischer und seine Tochter aus.

Der Stuttgarter Polizeipräsident war jedoch die Ruhe in Person und empfing Fischer, kurz nachdem er wieder in seine Dolce & Gabbana Unterhose geschlüpft war, lediglich mit den Worten: »Sie gehen jetzt nach Tuttlingen, der Metzler ist im Krankenhaus gelandet und der Hälble traue ich zu, Sie zu verkraften. Gute Reise, Herr Fischer.«

Das Tuttlinger Präsidium, ein moderner Glasbau mit einer überlebensgroßen Fuchsstatue vor dem Haupteingang, hatte dem Nordlicht schon gefallen. Und auch Tuttlingen, das schmucke Donaustädtchen, hatte es Fischer angetan. Er mietete sich ein winziges Kämmerchen für einen Preis, der Hamburg alle Ehre gemacht hätte. Aber das renovierte Fachwerk direkt am Donauufer war nun einmal beste Lage – quasi einen Steinwurf entfernt vom Kinopalast, dem Irish Pub und einer sensationellen Weinstube.

›Der Metzler‹ wurde allerdings gesund, noch ehe Thorben seinen ersten Dienst in der Tuttlinger Wache antreten konnte. Stattdessen schickten die Kollegen ihn in die Spaichinger Zweigstelle, die ›Zwergstelle‹, wie Fischer sie nannte. Das schmucke Apartment gab er auf und tauschte es gegen eine gesichtslose Zweizimmerwohnung in der Gartenstraße. Immerhin war die doppelt so groß, aber nur halb so teuer. Fischer grummelte vor sich hin, als er die Szenerie auf dem Dreifaltigkeitsberg betrachtete. Zu gerne wäre er jetzt durch die Tuttlinger Fußgängerzone geschlendert, auch wenn es dort mehr Optik- und Handyläden gab als Einwohner.

Verena Hälble trat auf Pater Pius zu, der sich mit seinem Taschentuch die Blutspritzer im Gesicht mehr schlecht als recht weggewischt hatte.

»Lieber Pater Pius, Sie sehen ja wirklich furchtbar aus! Nach den Laudes, so gegen 5.30 Uhr sagen Sie? Ruhen Sie sich doch bitte erst einmal aus, wir machen hier weiter. Bruder Johannes, helfen Sie doch Pater Pius und bringen Sie ihm um Gottes willen, oh Entschuldigung Pater Pius, bringen Sie ihm einen starken Kaffee und sorgen Sie dafür, dass er eine saubere Kutte bekommt! Und – Bruder

Johannes, die befleckte Kutte geben Sie bitte dem Kollegen Weckerle.«

Als sich Verena von Pater Pius, der ihr Religionslehrer im Spaichinger Gymnasium gewesen war, wegdrehte und der Leiche zuwandte, erhob sich Dr. med. Prätorius, der Notarzt.

»Also, Frau Hälble, do brauche mr oigentlich koi Obduktion. Dr Engel isch sofort mausetot gwäsa und s'isch ganz klar, dass'r gegen 5.30 Uhr ohne Schubumkehr vom Turm hier aufm Kies glandet isch. Traumata multipla, Genickbruch, Bruch der Pars occipitalis cranii und wahrscheinlich Schädelbasisbruch, wie die postmortale Blutung in den Nasen-Rachenraum vermuda lässd.«

»Danke Dr. Prätorius, wenn Sie fertig sind, lassen Sie den Herrn Engel aber bitte doch zur Obduktion nach Tübingen bringen.« Dann wandte sie sich an Polizeiobermeister Weckerle. »Axel, hast du schon die Kollegen der Spurensicherung gerufen? Prima, danke. Sag den Kollegen, sie sollen auch die Kapelle und vor allem den Turm, den Treppenaufgang, die Plattform und das Geländer untersuchen, ich will bis um 12 Uhr einen ersten Bericht. Thorben, bitte befrag du ein erstes Mal kurz alle Brüder, die im Gottesdienst waren, wir treffen uns in einer halben Stunde am Auto, ich gehe jetzt zu Pater Pius. Danach müssen wir gleich Marlies Engel einen Besuch abstatten und ihr die traurige Nachricht überbringen, bevor die überschallschnellen Spaichinger Spatzen den Tod Engels von allen Dächern pfeifen.«

An die unvermeidliche Pressekonferenz mochte Verena Hälble jetzt noch gar nicht denken.

Hier ist Radio Donauwelle, euer Sender für den Kreis Tuttlingen! Für euch am Mikro ist euer Steven, der Morgenmann. Leute, dreht die Heizung auf, da draußen ist es frostig. Auf dem Weg ins Studio hätte ich mir die Mütze auf die Ohren gewünscht, die ich zu Hause vergessen hab.

Ein Hinweis von unserem Werbepartner Optik Suttner: Heute gibt es 20 Prozent Rabatt auf alle Brillengestelle!

Unser Hörer Ralf aus Balgheim lädt alle Frostbeulen, 'tschuldigung, Nordic Walker zum Lauftreff ein. Um zehn geht's bei der Kirche los. Wagemutige können den Barfußpfad nehmen.

Noch ein Hinweis an alle Autofahrer: Am Aesculap-Kreisel hat's gekracht. Außer Blechschaden ist nichts passiert, Stau gibt's trotzdem in Richtung Bahnhof.

Jetzt ein Hörerwunsch von Elke aus Hausen: ›Riders in the Storm‹ von den Doors. Sie grüßt ihren Mann, der mit einem zertrümmerten Zeh im Krankenhaus liegt.

»Kein Anzeichen von Gewalt«, sagte Prätorius in gepflegtem Hochdeutsch. »Keine absonderlichen Schürfwunden, keine Hämatome, keine Kampfspuren.« Der Mann war eigentlich Anästhesist im Kreisklinikum und hatte in der Nacht den Notdienst geleitet. Deswegen war auch er zum Unfallort gerufen worden. Doch Prätorius hatte mit Mühe das Zittern seiner Hände unterdrücken können, als er die Leiche des Bürgermeisters untersuchte. Erstens lagen 18 Stunden Dienst hinter ihm (drei Herzinfarkte, zwei davon eingebildet, eine gebrochene Hüfte, ein beim Holzhacken versehentlich abgetrennter linker Daumen) und zweitens lag vor ihm der Bürgermeister. Tot. Für den gebürtigen Spaichinger eine Nummer zu groß. »Aber so kann ich dazu auch nicht viel sagen, da muss schon ein Pathologe ran.« Hilflos blickte der Mediziner von Verena Hälble zu Thorben Fischer und wieder zurück.

»Über den Todeszeitpunkt herrscht ja immerhin Einigkeit«, konstatierte Fischer und nestelte an seinem seidenen Halstuch. »Die heilige Dreieinigkeit, sozusagen.« Er grinste und entblößte dabei seine frisch gebleichten Zähne.

»Ich denke, der Leichnam kann ins Tal geschafft werden«, unterbrach Verena Hälble ihren Kollegen. »Die Tübinger Gerichtsmedizin wird uns Näheres sagen können.«

Der Anästhesist atmete sichtlich auf und drängte sich durch den Kreis der umstehenden Patres zum Wagen. Kurz darauf brummte der Motor und der SanKa schlängelte sich den Berg hinab.

Verena Hälble nickte Pater Pius zu, der sich ihr zuwandte, als zwei Mitarbeiter vom Bestattungshaus Schwarz einen silbernen Sarg aus ihrem Wagen hievten.

»Wie im Fernsehen, da kommen sie auch immer mit der Zinkwanne«, sagte Pius und streckte Verena Hälble die Hand hin. »Aber leider ist das hier alles echt.« Die Kommissarin schlug in Pius' Hand ein. Die Finger des Paters waren eiskalt. »Wie geht es Ihnen?« Verena Hälble hätte den Pater am liebsten in den Arm genommen – so hatte sie ihn noch nie gesehen. Vor etwas mehr als 20 Jahren, Pius war ein Mann im besten Alter und Verena eine zickige Drittklässlerin gewesen, hatte der Pater ihr die Erstkommunion gereicht. Seitdem hatten sich ihre Wege immer wieder gekreuzt – mal im Beichtstuhl, mal bei einem gemütlichen Glas Bier auf der Sommerterrasse vor der Klosterschenke.

Der Bürgermeister und Pius Vater hatten nichts gemeinsam, doch die Art, wie die Gliedmaßen verdreht waren, katapultierte Pius zurück zu jenem Tag seiner Kindheit, an dem der Vater Zwetschgen ernten wollte. Die Geschichte war schnell erzählt: Die Leiter war morsch, der oberste Tritt brach und der Vater überlebte den Sturz nicht. Verdaut hatte Pius das bis heute nicht.

»Mir geht es gut, aber Pater Sunil hat wohl einen mächtigen Schreck bekommen.« Pius deutete auf die Gestalt mit der milchkaffeefarbenen Haut, die auf der Bank neben dem Aussichtsfernrohr hockte und vor sich hin starrte.

»Fischer, Kriminalhauptkommissar«, drängte Thorben sich zwischen die beiden.

»Darf ich vorstellen? Mein Kollege.« Mittlerweile hatten Verenas Augen innerlich schon ein paar Umdrehungen hinter sich, als Fischer sich wie ein Pfau vor dem Pater aufplusterte.

»So, Sie waren also direkter Zeuge des Falls, des Runter-Falls«, polterte Fischer und grinste. Verena Hälble hoffte, dass der Pater noch zu geschockt war, um die unmöglichen Wortspiele des Kollegen zu verstehen.

»Ja, so ist es, Herr Fischer, der Herr Engel ist sozusagen direkt vor meinen Füßen gelandet.« Pius seufzte innerlich und rief seinen Herrgott um Geduld mit diesem Kommissar an.

»Ich denke, wir sollten den Patres Zeit geben und erst

später mit den Befragungen beginnen«, ging Verena Hälble dazwischen. Sie hatte die Ratlosigkeit der Männer bemerkt und ahnte, dass diese sich nun erst einmal zum stillen Gebet zurückziehen wollten. Und richtig – der dankbare Blick von Pius gab ihr recht.

»Ja, aber, die Personalien …«, stammelte Fischer. »Ich mein, das ist doch ein ganz heißer Fall hier, haha, ein Fall von einem Fall … und dazu der Bürgermeister …«

Innerlich verdrehte Verena Hälble wiederholt die Augen. Äußerlich bemühte sie sich um Ruhe.

»Ob hier der Herr Engel oder der Herr Merkt, Herr Hafen oder sonstwer vom Turm gestürzt ist – wir sind immer noch in einem Kloster und da sollten auch wir Rücksicht nehmen!«, zischte sie.

Fischer, einen derartigen Ton von einer Frau nicht gewohnt, wich einen Schritt zurück. »Ich denke, Frau Kollegin, ich werde mich mal auf den Weg in die Gerichtsmedizin machen.« Er machte auf dem Absatz seiner Maßschuhe kehrt, sodass der Kies knirschte.

Pius klopfte Verena Hälble auf die Schulter. »Du machst das schon«, flüsterte er. »Ich bete für dich.«

»Danke, Pater Pius«, erwiderte Verena. »Ich werde erst einmal zu Frau Engel fahren. Sie wird noch nichts wissen.«

»Ich denke an dich bei diesem schweren Gang«, versicherte Pius, innerlich froh, dass sie ihn nicht um seine Begleitung bat. So sehr er sich auch der Seelsorge verschrieben hatte – das Gespräch mit Trauernden zählte zu den Dingen seiner Mission, die ihm am wenigsten behagten.

Verena Hälble nickte ihm zu und hastete hinter Fischer her zum Auto. Auf dem Weg vom Berg hinunter zum Polizeirevier in der Hauptstraße schärfte sie ihrem Kollegen ein, nur ja nichts an die Presse zu geben.

»Nicht auszudenken, was in der Stadt los ist, wenn wir ungefiltert die Nachricht vom Tod des Bürgermeisters rausgeben!«

Fischer blieb stumm und ballte seine manikürten Hände zu Fäusten. Mist! Zu gerne wäre er selbst mit dieser Nachricht in die Redaktion des ›Bergboten‹ gestürmt. Sein Foto auf dem Titel, ganz bestimmt wäre das der Aufmacher in Tuttlingen, Rottweil, bei der Stuttgarter Zeitung, den Nachrichten ... Aber nein, der Herrgott und der Polizeipräsident mussten ihm ja diese Frau vor die Nase setzen.

»Ist das klar?« Verena Hälbles Stimme klang blechern, als sie Fischer fixierte.

»Klar, Kollegin«, brummte der und stieg aus dem Wagen.

Verena Hälble indes wendete mitten auf der zu dieser Tageszeit noch kaum befahrenen Hauptstraße und steuerte die Aldingerstraße an. Im Stillen wettete sie mit sich, dass sie 3 Minuten und 12 Sekunden brauchen würde. Radio Donauwelle spielte ›Thriller‹ von Jackson. Der Weg führte sie am Kreisklinikum vorbei. Vor der Rettungswache stand der SanKa, welcher eben noch auf dem Berg gewesen war. Der Anästhesist lehnte am Wagen und paffte eine Zigarette. Verena nickte ihm im Vorbeifahren zu, doch Prätorius bemerkte sie nicht.

Langsam bog sie schließlich in die Aldingerstraße ein. In

den meisten Fenstern brannte Licht. Die Bewohner bereiteten sich auf den Tag vor. Verena hielt vor der Nummer sieben. Der Blick auf die digitale Uhr im Armaturenbrett sagte ihr, dass sie sich gründlich verschätzt hatte und somit keine Schokobanane gegen sich selbst gewonnen hatte: Sie hatte mehr als sieben Minuten für die Strecke gebraucht.

Hinter dem Küchenfenster, in welchem aus weißem Garn gehäkelte Gänse als Gardinen vor den Fenstern baumelten, erkannte sie eine Gestalt. Frau Engel machte sich wohl gerade einen Kaffee.

Die Kommissarin blieb einige Minuten im Auto sitzen und sah der Frau zu. Beobachtete, wie sie Geschirr aus dem Küchenschrank nahm, den Kühlschrank öffnete und wieder schloss. Verena schnürte es die Kehle zu als sie daran dachte, dass in wenigen Augenblicken im Leben dieser Frau nichts mehr so sein würde, wie es bis heute kurz vor 6 Uhr noch gewesen war.

Hier ist Radio Donauwelle, euer Sender für den Kreis Tuttlingen! Am Mikrofon euer Morgenmann Steven mit den aktuellsten Hinweisen zum Tag. Im TuWass ist heute Saunatag – aber nur für die Damen. Meine Herren, entweder bleiben Sie zu Hause und gucken fern, oder Sie gehen in den Irish Pub und freuen sich ab 17 Uhr auf die Happy Hour. Und noch ein Hinweis von unserem Werbepartner Optik Suttner: Heute gibt's 20 Prozent Rabatt auf alle Brillengestelle.

Am Aesculapkreisel habt Ihr wieder freie Fahrt, die Unfallstelle ist geräumt.

Der Blitzer in Rietheim ist abgebaut. Aber Raser sollten am Ortseingang Spaichingen aus Schura kommend runter vom Gas!

Bis ran an die Nachrichten kommen jetzt die aktuellen Charthits. Und davor noch ein Hörerwunsch von Erkan aus Aldingen, der mit ›The Last Unicorn‹ von America seine Frau und Tochter grüßt.

Schließlich gab sich die Kommissarin einen Ruck und stieg aus. Über den gepflasterten Weg ging sie an gestutzten Thujabäumen und herbstkahlen Büschen vorbei zur Haustür. Neben dem Klingelknopf hing ein Salzteigschild mit der braun gemalten Aufschrift: ›Hier wohnen Manfred und Marlies Engel‹. Verena Hälble sog die Luft ein. Dann drückte sie auf den Klingelknopf.

›Ding-dang-dong‹. Der dreitönige Gong zerriss die morgendliche Stille. Verena Hälble trat von einem Bein aufs andere. Nicht, weil ihr kalt gewesen wäre – sie hatte sich längst an die Novembertemperaturen gewöhnt –, sondern weil sie am liebsten davongerannt wäre. Da mochten noch so viele psychologische Schulungen auf der Hochschule in Villingen-Schwenningen in ihrer Personalakte stehen – was sie jetzt tun oder sagen sollte … Verena wusste es nicht. Von innen näherten sich Schritte. Das Licht im Flur wurde angeknipst und der Schlüssel drehte sich im Schloss. Die Tür schwang auf und Marlies Engel sah sie fragend an. Zwischen den noch ungeschminkten Augen prangte eine steile Zornesfalte.

»Guten Morgen, Frau Hälble«, sagte die Frau des Bürgermeisters und zog den Gürtel um den mit üppigen englischen Rosen bedruckten Morgenmantel enger. »Wollen Sie zu meinem Mann?«

»Ihr Mann? Ja, äh ... also ... Guten Morgen, Frau Engel. Darf ich eintreten?«

»Sie wissen schon, dass es noch mitten in der Nacht ist, gell?« Widerwillig trat Marlies Engel einen Schritt zur Seite. Verena ging an ihr vorbei ins Haus. »Ich hoffe nur, dass es etwas Wichtiges ist, was Sie von meinem Mann wollen. Er ist zwar der Bürgermeister, aber das heißt wirklich nicht, dass er 24 Stunden am Tag erreichbar sein muss.«

Verena spürte, wie ihr die Röte in die Ohren schoss. Sie war froh, dass sie im letzten Sommer beschlossen hatte, ihre kurze Stoppelmähne wachsen zu lassen. Unter dem kinnlangen Bob konnte sie jetzt, in diesem Moment, ihre rot glühenden Ohren bestens verbergen.

»Es ist wichtig, glauben Sie mir«, sagte Verena, selbst überrascht, wie fest ihre Stimme klang. Sie straffte die Schultern und öffnete den Reißverschluss ihres Anoraks.

»Na, dann gehen sie bitte in die Küche, ich hole meinen Mann«, sagte Marlies Engel. »Aber begeistert wird er nicht sein.«

»Bitte, Frau Engel, ich komme wegen Ihres Mannes, also ... Frau Engel, ich komme zu Ihnen, mit Ihnen muss ich sprechen.«

Marlies Engel sah die Kommissarin fragend an. Sie nestelte erneut am Gürtel des Morgenmantels.

»Frau Engel, es ist … bitte setzen Sie sich.« Verena ging voraus in die Küche. Warmer Kaffeeduft empfing sie. Marlies Engel stand mit fragendem Gesichtsausdruck in der Tür. Verena deutete auf einen der beiden Stühle, die um einen weißen Wandtisch standen.

»Setzen Sie sich, bitte«, wiederholte Verena. Marlies Engel gehorchte. Der Ton der Kommissarin duldete keinen Widerspruch.

»Ihr Mann ist tot.« Im selben Moment, da sie die Worte ausgesprochen hatte, wollte Verena sich ohrfeigen. Wo bleibt das psychologische Feingefühl, Verena?

Marlies Engel legte fragend den Kopf schief. Ein spöttisches Lächeln umspielte ihren Mund und ließ sie mit einem Mal viel jünger wirken, als sie war.

»Soso«, sagte die Witwe und nickte leicht. »Haben Sie sich in der Haustür geirrt? Das ist ein ganz übler Scherz, Frau Hälble. Mein Mann liegt oben in seinem Zimmer und schläft. Aber nicht mehr lange, denn jetzt hole ich ihn.« Marlies Engel sprang auf. Verena hielt sie am rosenbedruckten Ärmel fest.

»Das ist kein Scherz, Frau Engel, ich wollte, es wäre einer.«

Langsam, wie in Zeitlupe, ließ die Frau des Bürgermeisters sich auf den Stuhl zurückgleiten. »Manfred ist … er … aber …« Marlies Engel schüttelte den Kopf, sodass die blond gefärbten Locken in alle Richtungen flogen. Klappte den Mund auf zu einem stummen Schrei. Presste die Faust zwischen die Lippen. Und sah Verena an aus Augen, die dem eines waidwunden Rehs glichen. »Wie?«, flüsterte sie schließlich mit bebender Stimme.

»Er ist vom Turm auf dem Dreifaltigkeitsberg gestürzt.« Verena legte der Witwe die Hand auf den Arm und überlegte sich, in welcher Tasche sie die Tempos hatte. Gleich würde sie sie brauchen …

»Vom Turm gefallen«, wiederholte Marlies Engel. »Vom Turm gefallen.«

»Frau Engel, bitte entschuldigen Sie, ich muss Ihnen ein paar Fragen stellen«, sagte Verena. »Ich weiß, es ist nicht der passende Moment …«

Marlies Engel erhob sich und riss die Schranktür auf. Nahm eine Tasse heraus und goss mit erstaunlich ruhiger Hand Kaffee ein.

»Nehmen Sie Milch? Zucker?«, fragte sie und stellte den dampfenden Pott vor Verena auf den Tisch.

»Frau Engel? Haben Sie mich verstanden?« Verwundert sah die Kommissarin zu, wie die Witwe sich in der Küche zu schaffen machte.

»Oh ja, ich habe sie verstanden, mein Mann ist tot, weil er vom Kirchturm gesprungen ist.«

»Gesprungen? Wie kommen Sie darauf?«

»Muss ich das beantworten?« Marlies Engel fuhr herum. Mit einem Mal, im Schein der Neonröhre, sah sie wirklich aus wie eine Mittfünfzigerin.

»Das sollten Sie, Frau Engel, ich mache …«

»… nur Ihre Arbeit, entschuldigen Sie.« Marlies Engel strich sich eine blondierte Locke aus der Stirn und goss sich ebenfalls eine Tasse Kaffee ein. Dann setzte sie sich Verena gegenüber.

»Mein Mann hatte seit einiger Zeit Probleme.« Verena

horchte auf, doch sie unterbrach Frau Engel nicht. »Private Probleme, nichts, was an die Öffentlichkeit dringen sollte, verstehen Sie? Er war ja beinahe rund um die Uhr im Rathaus, dann die vielen Sitzungen der Vereine, immer muss der Bürgermeister dabei sein, kaum ein freier Abend, von den Wochenenden ganz zu schweigen. Das zehrt an den Nerven, wenn Sie verstehen.«

Verena verstand. Und verstand nicht. Ja, Manfred Engel war bei fast jeder Jahreshauptversammlung in Spaichingen zugegen gewesen. Und er war ein gern gesehener Gast und Gastredner. Und ja, das Amt eines Bürgermeisters kannte keine Stechuhr – doch wann immer der Schultes ihr begegnet war, stets hatte er einen freundlichen Händedruck und nette Worte übrig gehabt. Ein Mensch mit Burnout sieht anders aus, dachte Verena. Doch sie sagte nichts, nickte nur stumm.

»Wissen Sie, die Leute wollen immer nur haben, aber geben will keiner was.« Bitterkeit schwang in Marlies Engels Stimme mit, als sie nach der Zuckerdose griff und schwungvoll einen Würfel in der Tasse versenkte.

»Hat Ihr Mann Ihnen gegenüber Andeutungen gemacht? Von Suizid gesprochen? War er depressiv?«

»Manfred hat nie über sich selbst gesprochen. Ich musste mir das schon selbst zusammenreimen. Aber so sind Männer eben …«

»Bitte, könnten Sie nachsehen, ob er vielleicht einen Abschiedsbrief …?«

Noch ehe Verena ausgesprochen hatte, war Marlies Engel bereits aufgesprungen. Die Kommissarin hörte, wie sie ins

Wohnzimmer ging, wie sie Schubladen aufriss und wieder schloss. Dann erklangen Schritte auf der Treppe und Verena vernahm von oben lautes Rumpeln und Scharren. Türen und Türchen wurden geöffnet und wieder geschlossen. Nach wenigen Augenblicken kam Marlies Engel wieder herunter und nahm am Küchentisch Platz.

»Nein, Frau Hälble, da ist nichts, kein Brief.«

»Vielleicht finden Sie später noch etwas. Ich weiß, es ist privat, aber es wäre für die Ermittlungen wichtig.«

Marlies Engel nickte.

»Sie sagten vorhin, Ihr Mann liege oben im Bett und schlafe? Aber Sie müssten doch bemerkt haben, dass er …«

»… nicht da war?« Wieder fiel Frau Engel der Kommissarin ins Wort. »Nein, das habe ich nicht, mein Mann und ich schlafen seit Jahren getrennt.« Verena pfiff innerlich durch die Zähne – wenn sie das ihren Trainingskolleginnen im Fitnessstudio erzählen würde …

»Er schnarcht jämmerlich«, sagte Marlies Engel und rührte energisch den Kaffee um. »Er schnarchte. Er wird nie wieder schnarchen.« Der Löffel fiel ihr aus der Hand und landete klirrend auf dem Boden. Tränen stiegen der Witwe in die Augen. »Er kommt nicht mehr heim.« Marlies Engel schlug die Hände vors Gesicht und schluchzte laut.

Verena schluckte trocken. Das war der Moment, vor dem sie sich gefürchtet hatte. Alles konnte sie ertragen, mit vielem umgehen – nur nicht mit weinenden, verzweifelten Angehörigen. Ein paar Minuten lang ließ sie die Witwe gewähren. Draußen auf der Straße kläffte ein

Hund. Die ersten Herrchen und Frauchen machten sich auf zur morgendlichen Hunderunde ums Michelfeld. Die tapfersten schafften es bis nach Aldingen und wieder zurück.

»Frau Engel, ich werde in den nächsten Tagen noch einmal kommen«, flüsterte Verena schließlich und stand auf. Marlies Engel zog laut – und ganz und gar nicht damenhaft – die Nase hoch und linste hinter ihren Händen hervor. »Schon gut, Frau Hälble«, schluchzte sie.

Verena stutzte. Die Augen der Witwe schienen zu blitzen, aber das konnte nicht sein. Wahrscheinlich spiegelte sich die Neonröhre in den Bambiaugen, für die Marlies Engel in ihrer Jugend von so vielen Spaichinger Buben angehimmelt worden war. »Eine Frage noch, Frau Engel«, entschuldigte sie sich, als sie schon den Reißverschluss des Anoraks wieder geschlossen hatte. »Hatte Ihr Mann Feinde?«

Marlies Engel wischte sich über das Gesicht und sah Verena aus rot geränderten, feuchten Augen an. »Sie meinen, es könnte ihn jemand gestoßen haben?«

»Das weiß ich nicht, Frau Engel, aber ehe wir nichts Näheres in Erfahrung gebracht haben, werden wir in alle Richtungen ermitteln müssen.«

Die Witwe erwiderte nichts. Mechanisch erhob sie sich und begleitete Verena zur Tür. »An einem wäre mir gelegen, Frau Hälble, machen Sie es noch nicht öffentlich.«

Fragend sah Verena die Witwe an.

»Manfred … es müssen Vorkehrungen getroffen werden …«

Die Kommissarin nickte. Sie verstand. Jens-Uwe Engel,

Cousin des verstorbenen Bürgermeisters, war vor wenigen Monaten zum zweiten Mal in seinem Amt als Vorstandsvorsitzender der Württemberger Kasse bestätigt worden. Der Wahltuttlinger hatte sich vom Filialleiter der Tuttlinger Sparbank bis an die Spitze einer der größten Banken des Ländles hochgearbeitet und stand seit der Wirtschaftskrise wieder und wieder in der Kritik. Verena erinnerte sich an die Nachrichten, in denen von horrenden Bonuszahlungen die Rede gewesen war.

»Natürlich, ich verstehe«, versicherte sie und tätschelte der Witwe beruhigend den Arm. »Das Ganze hat auch eine quasi politische Dimension.«

»Wenn Sie es so formulieren wollen, Frau Hälble, ja, ich werde meine Schwägerin Evelyne anrufen, Jens-Uwe ist, wie ich meine, derzeit in Berlin.«

»Reicht es heute am späten Abend?«

»Sie meinen die Pressekonferenz? Heute Abend?« Marlies Engel kratzte sich am Kopf. »Nein, geben Sie uns Zeit bis morgen. Bitte!«

Verena seufzte. Und hoffte, dass nichts vom Berg nach unten in die Stadt drang. Sonst ...

»Ich tue, was ich kann«, verprach sie schließlich und trat aus der Tür. »Trotzdem muss ich Sie bitten, sich für uns bereitzuhalten. Vielleicht ergibt die Obduktion doch die eine oder andere Frage.«

»Obduktion? Wo haben Sie meinen Mann denn hingebracht?«

Verena stutzte abermals. Warum hatte Marlies Engel eigentlich nicht eher danach gefragt? Hatten die Psychologen auf der Hochschule nicht gesagt, Ehefrauen wollten so schnell als möglich zu den toten Gatten – auch wenn dies meist kein erfreulicher Anblick wäre?

»Er ist in Tübingen«, antwortete sie.

Mit unbewegter Miene nickte Marlies Engel. Dann schloss sie hinter der Kommissarin die Tür.

Hier ist Radio Donauwelle, euer Sender für den Kreis Tuttlingen. Am Mikrofon euer Morgenmann Steven. Zwischen Balgheim und Dürbheim ist ein Traktor liegengeblieben. Bitte langsam fahren, die Spur aus Richtung Balgheim ist gesperrt.

An alle fleißigen Landwirte da draußen ein herzlicher Morgengruß! Nur für euch spielt euer Steven jetzt ›Down on the Farm‹ von Guns N' Roses.

Kaum war der Leichenwagen um die Ecke verschwunden, stürmte Pater Johannes ins Haus. Er trat durch die Tür des Klosterladens, ließ die Regalreihen voller Bücher, Grußkarten und Rosenkränze links liegen und stolperte mit quietschenden Gummisohlen den Gang an den Besucherzimmern vorbei zur Küche. Dort angekommen stützte er sich einen Moment schwer schnaufend am blitzblank polierten Edelstahlherd ab. Im Geiste sah er das Gesicht von Pius, die Blutspritzer auf den unrasierten Wangen, das Entsetzen im Blick des Bruders.

Dann wandte er sich abrupt um und riss den mannshohen Kühlschrank auf, warf Butter und die Käsedose auf die Anrichte, kramte nach einem Päckchen Räucherlachs, setzte

Wasser auf für die gekochten Eier. Schnitt Brot, arrangierte grobe Leberwurst, Salami und Schwarzwälder Schinken auf einer Platte. Als er alles, auch Marmelade, Honig und die von Pater Sunil jüngst entdeckte und heißgeliebte Nutella, auf dem Servierwagen gestapelt hatte, wurde ihm leichter ums Herz – er hatte zwar nichts tun, nichts sagen können im Moment des größten Schreckens, doch das duftende Toastbrot, der falsche Kaviar und die Orangenfilets machten aus dem heutigen Frühstück ein wahres Sonntagsmahl. Und genau das würden die Brüder jetzt brauchen!

Als Johannes den Wagen ins Refektorium schob, erhellte sich Pius' Miene merklich. Der Duft von frisch gebrühtem Kaffee schwappte in den Raum, getragen von der Vorfreude auf knuspriges Toastbrot. Schweigend nahm Johannes seinen Platz an Pius' Seite ein. Der Superior nickte ihm kurz zu und stand dann auf.

»Herr, Vater im Himmel, wir rufen Dich an«, sprach Pius mit gefalteten Händen. Die Patres neigten die Köpfe und bekreuzigten sich.

»Wir bitten Dich, allmächtiger Herr, nimm Dich der Seele von Manfred Engel an. Nimm ihn auf in Dein himmlisches Reich und schenke ihm den ewigen Frieden in Deiner Unendlichkeit.« Pius schwieg einige Augenblicke. Die Gedanken in seinem Kopf rasten. Was sollte er den Brüdern sagen? Wie auf den Tod des Bürgermeisters eingehen, ohne schale Worte zu sprechen? Wie das Unbegreifliche, den Schock, begreiflich und erträglich machen? Pius wusste es nicht.

»Vater unser im Himmel«, begann er schließlich die altbekannte Formel. »Geheiligt werde Dein Name …« Mit Inbrunst fielen die Mönche in das Vaterunser ein. Die Stimmen der Patres füllten den Raum und gaben Pius Sicherheit.

»Amen«, sprach er schließlich und setzte sich wieder. Einen Augenblick herrschte völlige Stille. Dann sprang Johannes auf und verteilte die Platten, Brotkörbe und Kaffeekannen auf dem Tisch. Als er alles so platziert hatte, dass jeder der Brüder zugreifen konnte, setzte er sich wieder. Pius nickte Sunil zu. Der Philippine stand auf und sprach das Tischgebet.

»Herr, allmächtiger Vater, wir danken Dir für diese Speisen. Gelobt sei Dein Name, gelobt sei Dein Sohn, unser Herr Jesus Christus und gelobt sei unser aller Mutter, die Heilige Jungfrau Maria. Amen.« Sunils Stimme zitterte. Pius fragte sich, ob dem sanftmütigen Pater noch immer der Schock in den Knochen steckte oder ob er ganz einfach jämmerlich fror.

Pater Johannes hielt ihm die Schinkenplatte unter die Nase. »Iss, greif zu, es wird dir guttun«, sagte er aufmunternd.

Pius Magen war wie zugeschnürt. Er zögerte. Er würde keinen Bissen hinunterbekommen. Stumm schüttelte er den Kopf. Doch so etwas ließ Johannes nicht gelten. Der Pater griff selbst zur Serviergabel und häufte seinem Superior Speck, Lyoner und Salami auf den Teller. Pius seufzte ergeben und griff nach dem Brotkorb. Während er eine Toastscheibe mit irischer Butter bestrich, schenkte Johannes ihm dampfend heißen Kaffee ein.

Eine Weile aßen die Patres schweigend. Bruder Ortwin schlang hastig ein weich gekochtes Ei hinunter und spülte mit Orangensaft nach. Dann sprang er auf, warf die Stoffserviette auf seinen Teller und entschuldigte sich: »Ich muss los, der Unterricht beginnt in zehn Minuten, ich bin zu spät dran.«

»Gott mit Dir«, antworteten die Patres wie aus einem Mund. Pater Wolfgang wollte Ortwin noch nachrufen, dass er die gemeinsame Orgelprobe am Nachmittag nicht vergessen solle, doch da war der Lehrer schon durch die Tür verschwunden.

»Es ist gut, dass Ortwin seine Pflicht nicht vergisst. Die Verrichtungen des Alltags werden uns alle ablenken«, sagte Josef. Der Pförtner blickte auf seine Armbanduhr und stand dann ebenfalls auf. »Ich muss mich um die Einladungen zur Weihnachtsmesse kümmern«, meinte er entschuldigend. »Zwei Gruppen haben sich zur Übernachtung für die Adventswochen angekündigt und die Damen vom Strickzirkel planen einen Basar.« Josef nahm seinen Teller, stapelte den von Ortwin darauf und stellte beide auf den Servierwagen.

»Bitte denke an die Überweisungen!«, rief Pius ihm nach. Und schämte sich im selben Augenblick – wie konnte er an solch einem Morgen, da der Tod an die Klosterpforte geklopft hatte, an die Strom- und Wasserrechnungen denken?

Sunil riss ihn aus seinen Gedanken. »Auch ich muss mich nun entschuldigen, ich habe dem Seniorenkreis zugesagt, dass ich zur Morgenandacht ins St. Josef gehe.« Unmerklich verzog der Missionar das Gesicht und Pius erinnerte sich an das Entsetzen des Philippinen, als dieser zum ersten Mal im Spaichinger Altersheim gewesen war. Für ihn, den Mann aus einem armen Land, war es unbegreiflich, dass die reichen Deutschen, deren Sprache er bis fast zur Perfektion am Goethe-Institut in Manila studiert hatte, ihre Großväter und -mütter nicht im Schoß der Familie aufnahmen, wenn diese gebrechlich und alt wurden.

»Ich werde mit dir fahren«, bot Wolfgang an. »Ich muss in die Apotheke und kann auf dem Rückweg gleich ein paar Besorgungen machen.« Wolfgang beeilte sich, Sunil zu folgen – der Brüderliche Orden verfügte über drei Fahrzeuge, einen altersschwachen Punto, mit dem Ortwin eben vom Hof fuhr, einen gelben Polo und einen VW-Golf aus der Rolling Stones-Edition.

»Du siehst müde aus«, sagte Johannes sanft, als nur noch er und Pius im Refektorium saßen. »Trink noch einen Kaffee.« Ehe Pius auf seinen nicht ganz optimalen Blutdruck verweisen konnte, goss Johannes ihm bereits nach, gab Milch und Zucker dazu und rührte, wie eine fürsorgliche Mutter, den Kaffee um.

»Ach, Johannes, ich glaube, das war alles ein wenig zu viel des Guten.«

»Wolltest du weniger Milch? Weniger Zucker? Ich schütte es weg«, rief Johannes und griff nach der Tasse.

»Nicht doch, nicht doch, ich meine nicht den Kaffee«, bremste ihn Pius und hielt Johannes am Ärmel der Kutte zurück. Der Pater ließ sich wieder neben Pius auf den Stuhl gleiten.

»Du hast recht, es ist unglaublich. Unser Schultes tot. Hier. Im Kloster.« Es war, als dämmerte Johannes erst jetzt die ganze Tragweite des Ereignisses.

»Keine Anzeichen von Fremdeinwirkung«, wiederholte Pater Pius die Worte der Kommissare. »Suizid? Nein, das kann ich nicht glauben. Nicht Manfred Engel«, fügte er bestimmt hinzu und nahm einen kräftigen Schluck Kaffee.

Johannes langte nach dem Brotkorb und fischte ein Rosinenbrötchen heraus, das er auf Pius' Teller legte.

Gedankenverloren begann der Superior, die Zibeben aus dem Hefeteig zu pulen. »Das passt so gar nicht zu Engel«, murmelte er. »Ein so gläubiger Mann. Der würde doch niemals den Freitod wählen.«

»Aber wenn die Polizei das doch sagt?«, erwiderte Johannes, der nun seinerseits nach einem Kürbiskernbrötchen angelte. Dem Beispiel Pius' folgend, knubbelte er die Kerne einzeln vom Backwerk und ließ sie zwischen den Zähnen knacken. »Außerdem ist das hier nicht der ›Tatort‹.«

»Nein, wir sind nicht im Fernsehen, aber trotzdem, etwas ist komisch.« Pius steckte sich zwei Rosinen in den Mund.

Johannes lächelte, als er an die Sonntagabende dachte, die die Patres stets vor dem Fernseher verbrachten. Die kleine Gemeinschaft hatte es sich zur Angewohnheit gemacht, die ›Tatort‹-Folgen zum Ratespiel zu deklarieren: Nach den ersten 20 Minuten musste jeder einen Tipp abgeben, wer der Mörder sein könnte. Johannes hatte bislang nur einmal, bei einer Folge mit den Münsteraner Kommissaren, richtig gelegen. Die Hitliste der Treffer führte mit weitem Abstand Pater Pius an.

»Schau, erst vor ein paar Wochen war Engel bei der Beichte. Kein Wort, das er sprach, hätte auf eine solche Verzweiflungstat schließen lassen.«

»Du willst doch nicht im Ernst behaupten, da hätte jemand nachgeholfen, Pius?«

»Nenn es, wie du willst, aber ich sage noch einmal: Etwas gefällt mir nicht.« Pius verschluckte sich beinahe an einer Rosine. In seinem Magen begann es zu kribbeln. Es war dasselbe Kribbeln, das er Sonntag für Sonntag vor dem Fernseher verspürte. Kriminalistisches Kribbeln, sozusagen.

»Also dann, Professor Boerne, legen Sie los!« Johannes grinste hinter dem Kürbiskern-Weckle vor.

Pius' Blick suchte das Kruzifix, das in der Ecke des Refektoriums hing. Es war, abgesehen von einer kitschigen Landschaftsmalerei in Öl, der einzige Schmuck an den Wänden. »Weißt du, Johannes, ich erinnere mich, als wir das beleuchtete Kreuz auf dem Turm installiert haben.«

Johannes nickte. Fast zehn Jahre war das jetzt her – und ebenso lang schwelte in der Gemeinde der Streit um die Neonröhren. Die einen waren begeistert, die anderen vehement gegen die ›Flugplatzbeleuchtung‹ auf dem Dreifaltigkeitsberg.

»Damals war der komplette Gemeinderat auf dem Berg, um sich die statischen Konstruktionen anzusehen. Gruppenweise hab ich sie auf den Turm gebracht.«

Johannes lächelte. »Oh ja, und wie du geschwitzt hast, das war besser als Jogging, gell?«

Pius ließ sich nicht beirren und fuhr fort: »Manfred Engel war bei keiner der Besteigungen dabei. Er hat es so geschickt eingefädelt, dass er stets abseits stand, wenn die nächsten fünf Honoratioren an der Reihe waren.«

Johannes brummte etwas Unverständliches in seinen nicht vorhandenen Bart und griff nach einer Scheibe Emmentaler.

»Ich denke, das hatte seinen Grund«, dozierte Pius und merkte dabei, wie das Kribbeln in seinem Magen noch stärker wurde. »Und zwar jenen: Unser Bürgermeister hatte Höhenangst.«

Der Emmentaler klebte an Johannes' Zähnen. Er hustete. Pius klopfte ihm auf die Schulter und reichte ihm ein Glas Orangensaft. Als Johannes wieder sprechen konnte, krächzte er: »Und einer, der Höhenangst hat, klettert nicht mitten in der Nacht freiwillig auf einen Turm.«

»Ganz genau. Dabei fällt mir ein, dass der Dachdecker-Mattes mir mal erzählt hat, dass alle Männer beim Richtfest der Berufsschule mit aufs Dach kommen wollten. Nur der Schultes nicht.«

Pius griff zufrieden nach einer Scheibe Salami, rollte sie zusammen und zerkaute die Wurst mit Genuss.

»Also gut, Herr Bienzle, dann nehmen wir einmal an, du hast recht. Aber wer oder was hat den Engel dann auf den Turm gelockt?«

»Nicht wer oder was ist zunächst die Frage, sondern das Warum, lieber Johannes. Und da fallen mir auf Anhieb einige Dinge ein. Auch wenn vieles in der Gerüchteküche gekocht wurde, ein Körnchen Wahrheit ist doch in jeder Lügensuppe.«

Johannes goss sich die dritte Tasse Kaffee ein. Er ahnte, dass seine Hände dann zittern würden, doch er konnte nicht widerstehen, Pius' Thesen mit einem süßen Kaffee zu krönen.

»Denk doch nur mal an den Gemeinderat«, erinnerte Pius. Sanfte Röte überzog seine Wangen und seine schwarzen Augen blitzten. »Da gab es in den vergangenen Monaten nichts als Ärger. Und keiner soll mir erzählen, dass die Damen und Herren Räte sich aus rein politischen Gründen mit dem Bürgermeister angelegt haben. Da menschelt es ganz gewaltig.« Pius resümierte die Berichte im ›Bergboten‹ und die Gespräche, die er bei seinen regelmäßigen Besuchen in der Gaststätte der Färberei mitbekommen hatte. Demnach sei im Stuttgarter Landtag ein neuer Fördertopf zur Sanierung der Innenstädte aufgemacht worden. Die Spaichinger wollten – natürlich und verständlich! – auch ihren Anteil an den Geldern haben und machten Teile der Stadt zum Sanierungsgebiet. Dumm nur, so die Bilanz im ›Bergboten‹, dass das Geschäftshaus von Arthur Hafen schon beinahe in der Unterstadt angesiedelt war – der Stellvertreter des Bürgermeisters, seines Zeichens Schuhhändler, war nun leer ausgegangen, stand mit den Kosten für die bereits begonnene Sanierung allein da und jammerte allenthalben, dass Manfred Engel ihm ›den letzten Schuh ausgezogen‹ habe. »Der Engel, sagt man, habe dem Hafen versprochen, Gelder für die Renovierung des Ladens aus dem Fördertopf zu ziehen. Und als kein Geld kam, ist der Hafen ausgerastet.«

Johannes nickte. Auch er hatte von jener Gemeinderatssitzung gehört, in der Schuhverkäufer Hafen zuerst weinerlich, dann wütend argumentiert und zur Untermalung seiner Worte schließlich eine 0,2-Liter-Flasche stilles Mineralwasser in Richtung Bürgermeister geschleudert hatte. Die Flasche hinterließ einen tiefen Eindruck in der massiven Tischplatte, Hafen rannte daraufhin aus dem Ratssaal. »Aber so einer schubst doch den Engel nicht vom Turm.« Johannes schüttelte den Kopf.

»Aber Motive hätte er gehabt«, sinnierte Pius. Er stocherte mit dem Löffel in den übrig gebliebenen Hefekrümeln herum. Doch er fand keine Rosine mehr.

»Hausbau ist Geschmackssache. Die sanierten Häuser gefallen nicht allen. Nun ja, so ist das auch mit unserem Marktplatz. Die einen lieben den Betonklotz, die anderen würden am liebsten den Architekten posthum an die Wand tackern.« Johannes lachte leise.

Pius aber stützte den Kopf in die Hände und brummte. »Egal, egal …«, murmelte er. »Das kann alles ein Grund sein oder auch nicht. Aber ich glaube einfach nicht, dass Engel sich umgebracht hat.«

»Dann liefere mir Indizien«, forderte Johannes ihn auf. »So machen die das im Fernsehen doch auch!«

»Nimm nur mal seine Frau Marlies. Wann immer man die beiden zusammen gesehen hat – sie waren das perfekte Paar. Da scheint doch alles gestimmt zu haben. Ich bilde mir so was nicht ein, Missstimmungen zwischen Paaren machen sich bemerkbar, da können die noch so gute Schauspieler sein. Nein, Engel hat eine absolut glückliche Ehe geführt, glaub mir. Außerdem, ich erinnere mich jetzt, wollte er sich ein Ferienhaus kaufen. Aber einer, der mit dem Leben abgeschlossen hat, der denkt doch nicht mehr über ein Urlaubsdomizil nach.«

»Schön und gut, auf dich hat das Ehepaar einen zufriedenen Eindruck gemacht. Aber, Kommissar Pius, ich habe da noch ein Gerücht …«

»Oh nein«, fiel Pius Johannes ins Wort. »Komm mir nicht mit der Bären-Bärbel!«

Johannes verzog beleidigt den Mund. »Ich mein ja nur …«

»Ja, ich hab auch von dem Gewäsch gehört. Dass die Bärenwirtin ein Verhältnis mit Engel gehabt haben soll. Dass sie sich heimlich in Stuttgart getroffen hätten. Die einen haben das Liebespaar auf der Königsstraße gesehen, die anderen sogar im Leuze, einträchtig miteinander im Thermalbad planschend. Aber solche Gerüchte gibt's alle paar Monate über jede hübsche Frau in der Stadt.« Pius wischte die Krümel vom Tisch. »Die Bärbel ist eine schöne Frau und so mancher Gast kommt sicher nicht nur wegen des Bieres in den Bären.«

Johannes seufzte. »Die Liebe ist ein merkwürdiges Ding,« flüsterte er kaum hörbar.

Pius schien ihn nicht gehört zu haben, denn er stand abrupt auf und trug seinen Teller zum Servierwagen. »Ich werde jetzt arbeiten«, teilte er Johannes mit, der mit eingefallenen Schultern immer noch am Tisch saß und die leere Schinkenplatte fixierte. »Es kann sicher nicht schaden, wenn ich schon heute damit beginne, die nächste Sonntagspredigt zu verfassen.« Dann öffnete er die Tür und ging eiligen Schrittes hinauf in seine Zelle.

Hier ist Radio Donauwelle, euer Sender für den Kreis Tuttlingen! Am Mikro ist eure Mittagsfrau Katja. Erst mal ein Hinweis von unserem Werbepartner Optik Gebrüder Karl: Heute gibt's 25 Prozent Rabatt auf alle Brillengestelle und Fassungen namhafter Hersteller.

Gleich ist es dreiviertel elf. Bis zu den Nachrichten haben wir Zeit für Hörerwünsche. Jasmin aus Möhringen hat morgen Prüfung in der Berufsschule und wünscht sich ›School‹ von Nirvana. Sie grüßt damit Ellen und Hanna. In Schura feiert heute Gisela den 50. Geburtstag. Ihr Mann Rainer wünscht sich für die beste aller Ehefrauen von REM ›Love is all around‹.

Vorher aber nochmal der Hinweis auf ein geniales Weihnachtsgeschenk: Gutscheine für den Honbergsommer im kommenden Jahr sind ab sofort bei allen bekannten Vorverkaufsstellen erhältlich. Leute, bei dem Sauwetter da draußen tut es gut, schon mal an ein Open-Air-Konzert zu denken!

Durch die Glastür drang das gedämpfte Surren der Saeco-Kaffeemaschine ins Büro. 10.45 Uhr. Kämmerer und Archivar Winfried Hecht war wie immer pünktlich dabei, seinen dritten Morgenkaffee zuzubereiten. Marianne Klaiber zog den Ausdruck des Briefes an den Hausener Bürgermeister – eine Einladung zum Feuerwehrfest im kommenden Mai – aus dem Drucker, legte das Blatt in die Unterschriftenmappe und schlug den Deckel des Pultordners zu. Dann rollte sie auf dem Bürostuhl die anderthalb Meter bis zum Sideboard, griff nach ihrer mit Rosen verzierten persönlichen Bürotasse und stand auf.

Draußen auf dem Flur waberte der Duft von frisch gemahlenen Bohnen zwischen dem Odeur von Papier, Bohnerwachs und dem harzigen Aftershave des Kämmerers durch die Luft. Die Sekretärin des Bürgermeisters gähnte hinter vorgehaltener Hand, parkte die Tasse unter den Düsen und drückte auf den Knopf. Laut ratterte das Mahlwerk, ehe das heiße Wasser in die Tasse gepresst wurde. Als die letzten Tropfen mit einem leisen Zischen und Blubbern in die Tasse plumpsten, schellte das Telefon auf Marianne Klaibers Schreibtisch. Einmal, zweimal. Die Sekretärin holte sich zwei Würfelzucker, ließ sie in die Tasse fallen, nahm sich einen Löffel und ging zurück in ihr Büro. Mit der Hacke ihrer halbhohen dunkelblauen Pumps gab sie der Glastür einen sanften Tritt, sodass diese beinahe geräuschlos zufiel.

»Stadtverwaltung Spaichingen, Sie sprechen mit Marianne Klaiber, was kann ich für Sie tun?«, spulte sie ihre Begrüßung automatisch ab, während sie den dampfenden Kaffee zwischen Telefon und Stiftehalter auf dem Schreibtisch platzierte.

»Guten Morgen, Frau Klaiber, Marlies Engel hier.«

»Grüß Gott, Frau Engel«, sagte die Sekretärin und griff nach Notizblock und Kugelschreiber. »Wie geht es Ihnen?«

»Danke, schon recht, Frau Klaiber. Ich wollte Ihnen nur mitteilen, dass mein Mann heute nicht ins Büro kommt.«

Marianne Klaiber seufzte innerlich auf, als sie an den prall gefüllten Terminkalender des Bürgermeisters dachte. Um 12 Uhr sollte er mit dem Vorsitzenden des Gewerbevereins zu Mittag essen – ein Termin, der sich sicher verschieben ließ –, um 14 Uhr hatte sich der Direktor der Realschule wegen des geplanten Ausbaus des Schulhofes angekündigt und nach dem Gespräch mit der Leiterin der Stadtbücherei, die auch als Kulturbeauftragte fungierte und das neue Jahresprogramm mit Kabarett und Konzerten absprechen wollte, sollte Manfred Engel erst einem goldenen Brautpaar und dann einem 95-jährigen Bürger gratulieren.

»Mehr kann ich dazu nicht sagen«, hörte Marianne Klaiber Frau Engel sagen, ehe ein Klicken die Leitung unterbrach.

»Na prima, mal wieder«, knurrte die Sekretärin und malte mit dem Kugelschreiber drei kleine Blitze auf den Block. Dann riss sie das Blatt mit Schwung ab, knüllte es zusammen und warf es in den Papierkorb. Sie ahnte, was jetzt kommen würde, und beschloss, erst einen Butterkeks zu essen, ehe sie bei Arthur Hafen anrief. Als Stellvertreter des Bürgermeisters würde dieser zumindest die Besuche bei den Jubilaren übernehmen müssen. Immerhin waren die beiden Blumensträuße längst bestellt und noch am Vorabend hatte die Auszubildende im ersten Lehrjahr zwei Bildbände in rot glänzendes Papier verpackt. Der Rektor und die Bibliothekarin würden sich wohl oder übel mit einem neuen Termin zufriedengeben müssen.

Marianne Klaiber spülte den Keks mit einem kräftigen Schluck Kaffee hinunter. Dann wählte sie Hafens Nummer.

»Schuhhaus Hafen, Grüß Gott«, hörte Marianne Klaiber schon nach dem ersten Tuten.

»Grüß Gott, Frau Hafen. Klaiber hier. Kann ich mit Ihrem Mann sprechen?«

»Der hat grad Kundschaft, Moment bitte!« Marianne Klaiber hörte, wie Heidi Hafen die Hand über die Sprechmuschel legte. Das dumpfe Rascheln schien in ihrem Ohr zu knistern.

»Arthur, Aaaaarthuuuuur! Komm au mol her, do isch's Rathaus am Abbarat!«

Wieder drang Rascheln per Telefon von der Hauptstraße ins Rathaus herüber.

»Er kommt glei, Frau Klaiber, oin Moment bloß no.«

»Danke, Frau Hafen, und einen schönen Tag wünsche ich.«

»Scho recht, Frau Klaiber, ebenso, ade.«

Marianne Klaiber zuckte zusammen, als der Hörer mit Schwung auf die Theke im Schuhladen knallte. Im Hintergrund vernahm sie Scharren, leises Poltern. Dann näherte sich die Stimme des Bürgermeister-Stellvertreters.

»Möchten Sie die Schuhe mit Karton oder ohne?«, hörte sie Arthur Hafen säuseln.

»Den Karton brauch ich nicht«, antwortete ihm eine weibliche Stimme.

»Kein Problem, Frau Weber, gell! Das sind wirklich sehr gute Schuhe. Gute Wahl, Frau Weber.«

Durch den Telefonhörer klang das schnelle Tippen auf der Tastatur der Kasse, dann ein Klingeln. Marianne Klaiber hörte, wie die Schublade aufsprang.

»Das wären dann neunundachzigfuffzig, Frau Weber. Darf ich Ihnen noch eine Pflege anbieten?«

»Bitte?«, hörte die Sekretärin und konnte sich nun ein Grinsen nicht verkneifen. Es war der immer selbe Dialog, mit dem Arthur Hafen einen Schuhkauf abschloss. Aber so, wie das ›Bitte‹ der Kundin klang, mochte Marianne Klaiber wetten, dass der Händler bei ihr keinen Erfolg haben würde.

»Das Leder ist zwar vorimprägniert, Frau Weber, aber wenn es mal regnet oder feucht ist, dann würde ich mich darauf nicht verlassen. Wir wollen doch keine nassen Füße haben.« Arthur Hafen schien etwas aus dem Regal hinter sich zu nesteln.

»Sehen Sie, nur vierzehnfuffzig und sie haben quasi immer neue Schuhe, die dicht sind.«

»Vierzehnfuffzig?«

Marianne Klaiber gab sich innerlich einen Punkt – diese Pflegetube würde den Laden nicht verlassen. Und richtig: »Nein, also das brauch ich nicht, das hab ich daheim.« Tütenrascheln. Nochmals ein ›Pling‹ der Kasse, als Arthur Hafen diese zuschob.

»Dann danke ich, Frau Weber, bis zum nächsten Mal, Frau Weber, und grüßen Sie Ihren Mann, Frau Weber.«

»Ade!«

Schritte. Das Bimmeln der Ladenglocke.

»Heidi! Heeeidiiii! Was hasch gsagt, wer am Telefon isch?«

»S' Rathaus! Jetzt gang halt ond schwätz!«

Brummen. Klappern. Dann: »Arthur Hafen, grüß Gott!«

»Guten Morgen, Herr Hafen«, begann Marianne Klaiber. »Frau Engel hat mich eben angerufen. Sie müssten heut Nachmittag bei zwei Jubilaren einspringen.« Marianne Klaiber spannte die Schultern an und lauschte in die sekundenlange Stille in der Leitung. Dann hielt sie den Hörer vom Ohr weg. Arthur Hafen war auch so bestens zu verstehen.

»Ja, wie? Isch der Engel scho wieder net im Gschäft? Heidanei, was isch diesmal los?«, polterte Hafen.

»Ich weiß es nicht, das hat mir Frau Engel nicht gesagt. Darf ich Ihnen die Termine durchgeben?«

»Ja, was glaubt denn der eigentlich? Bin ich der Bürgermeister oder er? Ich hab ein Gschäft zu führen, heidanei, ich kann net zweimal in der Woche meine Frau allein im Laden lassen!«

Marianne Klaiber verdrehte die Augen. »Die Termine, Herr Hafen …«, startete sie einen zweiten Versuch. Doch der Angesprochene reagierte nicht. Seufzend legte die Sekretärin den Hörer auf den Schreibtisch, schaltete die Freisprechfunktion ein und startete am PC eine Partie Solitair.

»Also, das ist wieder einmal der Gipfel. Unsere Aushilfe hat Urlaub und grad um die Jahreszeit isch so viel los im Laden. Das schafft meine Frau nicht allein und an meine Quartalsabrechnung muss ich heut auch noch gehen. Soll ich mal wieder eine Nachtschicht einlegen? Wenn ich das gewusst hätte, Frau Klaiber, dass ich eigentlich kein Stellvertreter bin, sondern die meiste Arbeit machen muss, dann hätte ich mich ja gleich selbst zum Bürgermeister wählen lassen können.« Batsch. Arthur Hafen hatte mit der Faust auf den Tresen geschlagen.

Marianne Klaiber zuckte zusammen und geriet aus dem Konzept – welche Karte sollte sie aufdecken? Mist! Die Sekretärin startete eine neue Spielrunde.

»Und der Engel weiß ganz genau, dass die Umsätze im Einzelhandel grad immer mehr und mehr runtergehn. Also ehrlich, der mit seinem Beamtengehalt, der hat's ja leicht. Der kriegt sein Geld auch fürs Daheimbleiben. Aber wenn ich nicht in meinem Laden steh, dann verdien ich auch nichts. Keinen Cent krieg ich dann, keinen müden Euro.«

Marianne Klaiber wischte mit einem Mausklick alle Asse im Spiel weg. Ein Lächeln huschte über ihr Gesicht.

»Und es ist ja nicht nur, dass ich zu den Terminen gehen muss, damit ist es doch nicht getan, ich muss dann auch noch eine Rede vorbereiten. Und bei keinem Geburtstag komm ich unter einer Stunde wieder raus. Schon allein aus Anstand muss ich ja einen Kaffee trinken und den Kuchen vertrag ich auch nicht, ich krieg noch Zucker, wenn ich wegen dem Engel jede Woche so viele Torten essen muss.«

Im Solitairspiel ließ sich die Pik-Fünf nicht unterbringen. Marianne Klaiber klickte einen neuen Kartenstapel auf.

»Gell, und dann will ich bloß mal dran erinnern, dass ich hier die meiste Arbeit mach, aber der Engel steht trotzdem immer in der Zeitung drin. Ich bin ein Schafseckel, dass ich das mit mir machen lass. Und was ist der Dank? Nix isch. Net mol mein Laden darf ich erweitern, net mol des. Der

Engel isch dagegen, dass ein ehrbarer Geschäftsmann sein Unternehmen voranbringt. Wissed Sie, Frau Klaiber, das isch schon arg schwer für mich, dass ich des Haus nebenan net hab kaufa dürfe.«

Marianne Klaiber schloss das Solitairspiel, weil das Jammern kein Ende nahm.

»Das versteh ich ja, Herr Hafen, aber ich mach halt auch bloß meine Arbeit.«

»Ja, Frau Klaiber, das geht ja auch nicht gegen Sie persönlich.«

»Also, Herr Hafen, da hätten wir die goldene Hochzeit vom Ehepaar Jung, da sollten Sie so um 16 Uhr sein. Danach ist noch der 95. Geburtstag von Emil Vogt, der ist in der Alleenstraße.«

»Heidanei, im Altersheim, als ob ich's gschmeckt hätt. Do gibt's bloß Sahnekuchen, weil die mit ihrem Gebiss nix mehr beißa könnet«, brummte der Schuhhändler.

Marianne Klaiber ignorierte das. »Die Blumensträuße sind bestellt, die bringt Ihnen nachher jemand vorbei«, informierte die Sekretärin und machte hinter die beiden Termine einen Kugelschreiberhaken im Kalender, versehen mit dem Kürzel ›A.H.‹

»Ich weiß gar nicht, wie ich das zeitlich schaffen soll«, machte Arthur Hafen weiter. »Wie gsagt, heut isch so viel los, gell …«

»Herr Hafen, ich nehme an, dass der Redakteur vom Bergboten zur goldenen Hochzeit kommt, soweit ich weiß, will der morgen ein Foto in der Zeitung bringen.«

Eine Sekunde lang herrschte Stille am anderen Ende der Leitung. Marianne Klaiber grinste. Erwischt!

»Ja? Presse kommt auch?«, haspelte Hafen.

»Ich denke doch, Herr Hafen.«

»Naja, Sie können ja nix dafür, Frau Klaiber, nichts für ungut, gell?«

»Schon recht, Herr Hafen, ade dann.«

»Ade, Frau Klaiber.« Ein Klicken ertönte. Arthur Hafen hatte aufgelegt.

Marianne Hafen kramte einen zweiten Butterkeks aus der Schreibtischschublade. Dann startete sie eine neue Partie Solitair.

Hier ist Radio Donauwelle, euer Sender für Tuttlingen. Das eben war Cher mit ›Believe‹. Unser Werbepartner Optik Gebrüder Karl lässt wissen, dass es heute 25 Prozent Rabatt auf alle Fassungen gibt.

Am Mikrofon ist euer Tom. Wir spielen den heißesten Mix entlang der Donau. Los geht's mit ›Have you ever seen the Rain‹ von den Ramones. Leute, ich hab heute mehr als genug Regen gesehen. Da draußen ist echt Herbst und die Donau spuckt mal wieder Nebel aus, dass es für ein ganzes Gruselkabinett reicht.

An alle Wasserratten: der Parkplatz beim TuWass ist belegt. Heute ist Frauensauna … wahrscheinlich haben die Damen wieder quer geparkt.

AUTSCH! Das war Kollegin Katja, die mich stellvertretend für alle Damen da draußen auf den Kopf gehauen hat. Ich nehm's zurück – Frauen sind die besten Einparker der Welt! Für alle Mädels da draußen meine persönliche Entschuldigung: ›You are so beautiful‹ vom guten alten Joe Cocker.

Pius hielt sich mit der rechten Hand die Nase zu und blies Luft gegen den Widerstand. Das leise ›Plopp‹ in beiden Ohren quittierte der Pater mit einem tiefen Brummen. So lange er auch schon auf dem Berg lebte, an den Höhenunterschied und den Druck auf den Ohren konnte und wollte er sich nicht gewöhnen. Mit den Zeigefingern fuhr er sich in die Ohren, wackelte auf und ab und gähnte herzhaft. Kurz darauf waren seine Ohren frei und an den Luftdruck im Städtle angepasst.

Einige Momente später warf der Pater die Tür des knallgelben Fiat zu. Der Wagen war eine Spende des hiesigen Autohauses, die Patres hatten wegen der Farbe keinerlei Einspruch erheben können, und so kursierten manche Sprüche im Ort … wann immer Pater Pius mit dem postgelben Mobil unterwegs war, bekam er zu hören: ›Ah, da kommt der Bote der frohen Botschaft‹ oder ähnliches.

»Ha guck, do kommt dr himmlische Poschtbote!«, rief denn auch der Fischer-Schorsch von seinem Platz auf der Ofenbank dem Pater zu, als dieser die Gaststube des ›Bären‹ betrat. Pius behielt seine Gedanken für sich und verstaute den Autoschlüssel in seiner Hosentasche. Einzig das große hölzerne Kreuz, das an einer groben Kette auf seiner Brust baumelte, erinnerte daran, dass Pius ein Pater war. Den Habit hatte er auf dem Berg gelassen und sich stattdessen eine Bundfaltenhose und einen wollenen Pullover übergestreift.

»Grüß Gott, Schorsch«, erwiderte Pius und nickte dem Stammtischbruder zu.

Der verzog die trockenen Lippen zu einem Grinsen, sodass die aufgequollene Nase wie ein roter Ballon in seinem Gesicht hüpfte. »Na, Pater, haben Sie mal wieder Freigang?«, neckte Schorsch und prostete Pius mit seinem Halbeglas zu.

›Sind wir nicht alle frei in Gottes wunderbarer Welt?‹, wollte Pius erwidern. Doch er nickte nur stumm – jetzt bloß keine Diskussionen mit dem angesäuselten Schorsch! Und dass er nur deswegen heute in den ›Bären‹ kommen konnte, weil er mit Bruder Ortwin die Abendandacht im Altenheim St. Josef getauscht hatte, ging hier ja nun wirklich keinen was an.

Verena Hälble erlöste Pius in dem Moment, als Schorsch den Pater zu sich an den Tisch winken wollte. Ein kühler Luftzug spülte die Kommissarin förmlich in den Schankraum. Verena rieb die Hände gegeneinander und schniefte.

»Grüß Gott, Pater Pius«, nickte sie, ehe sie ein deftiges Niesen schüttelte. »Ich glaub, die Kälte bekommt mir nicht«, meinte sie gequält, als sie sich aus ihrer Daunenjacke schälte.

»Jajaja, Weiber, dia friarat jo dauernd«, kommentierte Erich. Der Saufkumpan von Schorsch schüttelte den Kopf und starrte in sein Bierglas. Langsam, als ziehe die rot verquollene Nase seinen Schädel Richtung Tischplatte, hob er den Kopf. Ein Speicheltropfen vibrierte auf seiner Unterlippe, als er Verena mit trüb-lüsternen Augen ansah und mit der flachen Hand auf den freien Platz neben sich klopfte.

»Kannsch au zu mir nahocka, Mädle, ich mach's dir scho schnell warm.«

Verena grinste schief. Dann warf sie den Kopf zurück und ging schnurstracks auf den Tisch der Trinker zu. Pius sog scharf die Luft ein, als die Kommissarin sich mit beiden Händen auf dem Tisch aufstützte. Ihre Nase war nur noch wenige Zentimeter von Erichs Gesicht entfernt, der nun weit die Augen aufriss. Als Verena die Mundwinkel zu einem breiten Lächeln verzog, schluckte der Trinker trocken.

Der sabbert gleich los wie ein Hund, dachte Pius und bekreuzigte sich innerlich sofort ob dieses Gedankens.

»Erich, jetzt hör mir mal zu«, sagte in dem Moment Verena mit pappsüßer Stimme. »Wer hier wem was warm macht, das wollen wir mal sehen. Noch so ein Spruch, der Herr, und ich erinnere mich ganz genau daran, dass da vor der Tür dein Auto steht. Und du willst doch ganz bestimmt deine Pappe behalten, gell?«

Erich nickte so heftig, dass der Spucketropfen von seiner Lippe tropfte und in sein Bierglas fiel.

»Ha no, ha no, des war doch bloß Schbass, an Witz, gell?«, stotterte er.

»Ich lach dann später«, antwortete Verena und klopfte mit der rechten Hand dreimal auf den Tisch.

»Einen schönen Abend noch, die Herren«, grinste sie nun und wandte sich zu Pius um. Dann steuerten beide auf einen kleinen Tisch in der Ecke der Gaststube zu. Hier, halb verborgen hinter der mit Mänteln voll behangenen Garderobe, hatten sie ihre Ruhe vor den anderen Gästen.

Die beiden gaben ihre Bestellung auf und saßen endlich vor einem heißen Pfefferminztee für Verena und einem alkoholfreien Bier für den Mönch. Er hätte zwar lieber ein Weizen getrunken, doch auch er hing, wie Erich, an seinem Führerschein.

Verena ließ mit Schwung zwei Stück Zucker in die dampfende Tasse plumpsen, sodass Teespritzer auf dem weißen Tischtuch landeten.

»Das hast du früher schon so gemacht«, lachte Pius und zwinkerte der Kommissarin zu. »Bloß keine Zeit verlieren, gell?«

Verena legte den Kopf schief und rührte in ihrer Tasse. »Na, so schlimm war ich hoffentlich nicht, dass du jetzt meine ganzen Schandtaten ausbreiten musst.«

»Oh, ich erinnere mich an den Katechismus. Die kleine Verena hatte sich in den Kopf gesetzt, den komplett zu lernen, und zwar innerhalb von einer halben Stunde. Länger hat ihr die Geduld nämlich nicht gereicht.« Pius nahm einen tiefen Schluck und bereute sofort, das fade Alkoholfreie nicht gegen ein würziges Weizen tauschen zu können.

»Das weißt du noch?« Verena staunte und pustete in ihre Tasse. Dampf stieg auf. »Aber sonst war ich doch das netteste, bravste Kommunionkind aller Zeiten.«

Pius lachte laut auf. Erich und sein Kumpan drehten sich verstohlen um, was den Pater wohl so erheitert haben mochte. Doch die dicken Jacken und schweren Regenmäntel an der Garderobe verschluckten das Gespräch der beiden.

»Dann hast du wohl auch vergessen, dass du das einzige Mädchen warst, das mit einem zerrissenen Rock zur Kommunion gekommen war, weil es vor dem Gottesdienst mal eben schnell noch auf die Mauer der Stadtpfarrkirche klettern wollte?«

Verena schüttelte amüsiert den Kopf. Eine Weile ging es so hin und her, Pius neckte seine ehemalige Schülerin, die konterte mit der Vergesslichkeit des Lehrers, der vor lauter Gebeten auf dem Berg den Kommunionunterricht in der Stadt mehr als einmal beinahe vergessen hätte.

»Und jetzt sitzen wir also hier, quasi geschäftlich«, sagte Pius, als er das zweite Alkoholfreie geordert hatte.

Verena stieg vom Pfefferminztee auf Apfelschorle um. »Mir wär es auch lieber, wir hätten uns unter anderen Umständen getroffen«, entgegnete die Kommissarin. »Ich wollt ja auch immer mal auf den Berg kommen, aber …«

»Ich weiß schon, wie das ist, viel Arbeit hast du und dann willst du in der Freizeit auch was erleben und nicht immer wieder nur nach Spaichingen.« Beschwichtigend legte Pius Verena die Hand auf den Arm. Die nickte stumm.

»Trotzdem: Ich freu mich saumäßig, dich zu sehen.« Der Pater lächelte und seine Augen blitzten. »Ich hab dir immer geglaubt, dass du mal Verbrecherjäger wirst«, erinnerte er sich an den Kindertraum der kleinen Verena.

»Ich mir auch«, lachte die Kommissarin. »Und nun will ich hoffen, dass ich diesen Fall hier auch gelöst kriege.«

»Ein Fall im doppelten Wortsinn, allerdings«, sagte Pius.

»Lass es mich frei heraus fragen: Glaubst du, Pius, dass

Bürgermeister Engel freiwillig vom Turm gesprungen ist? Immerhin warst du ja quasi Augenzeuge.«

Pius Gesichtszüge verdunkelten sich, als er an den leblosen Körper vor seinen Füßen dachte. War das wirklich erst wenige Stunden her?

»Willst du tatsächlich eine Antwort von mir?«

»Ja, die will ich, Pius. Eine Antwort von dir als Mensch«, entgegnete Verena und sagte dann, nach einer Pause: »Und als der, bei dem Herr Engel vielleicht gebeichtet hat.«

»Jetzt verlangst du aber Unmögliches von mir!«, rief Pius. »Selbst wenn ich der Beichtvater des Schultes gewesen wäre, ich kann doch nicht mein Beichtgeheimnis brechen.«

Nun war es an Verena, dem Pater beschwichtigend die Hand auf den Arm zu legen.

»Das weiß ich doch. Ich verlange auch nicht, dass du mir etwas aus der Beichte erzählst. Aber vielleicht hast du einen Hinweis, irgendwas, das mir weiterhilft?«

»Dann meinst du also, Engel ist nicht freiwillig gefallen«, sagte Pius. Und mit einem Mal wurde es ihm heiß und wieder kalt und dann wieder heiß. »Lass mich nachdenken«, bat er Verena.

Die nickte stumm und machte sich auf den Weg zur Toilette. »Ich will die Bärbel fragen, ob sie ein Zimmer frei hat für mich, es wär' schon besser, wenn ich vor Ort übernachten würde und nicht daheim in Rottweil.«

»Gute Idee«, sagte Pius und blickte ihr nach, wie sie durch die Tür mit der Aufschrift ›Zu den Toiletten‹ verschwand. Doch vor seinem inneren Auge sah er etwas anderes …

Hier ist Radio Donauwelle, euer Sender für den Kreis Tuttlingen. Am Mikro ist euer Tom. Ladies, ihr könnt aufhören, im Studio anzurufen: Ich nehm's zurück, ihr könnt alle einparken!

Und wenn jemand die Lücke nicht gut erkennt – hier ein Hinweis von unserem Werbepartner Optik Suttner: Bis zum Ladenschluss habt Ihr noch Zeit, um Euch 20 Prozent Rabatt auf alle Brillengestelle zu sichern.

Aus der Wetterredaktion kommen keine guten Nachrichten. Morgen geht's grau in grau weiter. Aufwärmen könnt ihr euch heute Abend in der Möhringer Angerhalle, wenn ›S Bäsle ond dr Onkel Hannes‹ Kabarett vom Feinsten bieten. Karten gibt es noch an der Abendkasse zum Preis von 11 Euro.

Jetzt geht's weiter mit einem Hit für alle Ladies, nehmt es als großes Sorry von eurem Tom: Robbie Williams singt für euch ganz allein ›Feel‹.

… Wie viele Tage war es her? Fünf? Sechs? Pius hatte Beichtdienst gehabt, also musste es vergangenen Donnerstag gewesen sein.

Weil sich an Wochentagen nicht so viele Sünder auf den Berg verirrten wie an Sonntagen, hatte Pius die vier Stunden, in denen er Beichtbereitschaft hatte, wie immer mit dem Gang in die Bibliothek des kleinen Konvents begonnen. Anderthalb oder zwei Stunden lang konnte er in einem Thriller von Stephen King schmökern und sich über die herrlichen Charakterstudien der monströsen Wesen freuen, ehe das Bereitschaftstelefon bimmelte. Mit der Hausanlage war das Telefon an den Klingelknopf gekoppelt, welcher vor dem Beichtstuhl angebracht war. ›Zur Beichte bitte läuten, es kommt sofort jemand‹, hatte Bruder Ortwin mit schwarzem Filzstift auf ein mittlerweile vergilbtes Papier geschrieben und an den Beichtstuhl geheftet.

Pius seufzte leise – eben war ein Untoter in das Haus einer Familie eingebrochen und Blut und Verderben lagen in der Luft. Doch Stephen King würde warten müssen bis nach der Beichte.

Mit eiligen Schritten durchmaß Pater Pius den Flur, trat auf den Hof hinaus und eilte zur Kirche, griff in der Sakristei nach seinem Habit und streifte ihn sich hastig über. Dann nahm er seine Bibel, die neben dem Rosenkranz in seinem Fächlein lag, und betrat durch die Seitentür das Kirchenschiff. Die barocke Malerei erfreute ihn auch dieses Mal und die prachtvoll gemalten Engel und die sich förmlich in den Himmel öffnende Kuppel mit den goldenen Verzierungen vertrieben auch den letzten Gedanken an einen mörderischen Thriller aus dem Kopf des Geistlichen. Beinahe lautlos ließ er sich in den Beichtstuhl gleiten, zog die Holztür hinter sich zu und nahm auf der gepolsterten Bank Platz. Als er schließlich den hölzernen Schieber vor ihm zur Seite schob, erkannte er durch die winzigen Löcher den Schemen eines Mannes.

»Im Namen des Vaters, des Sohnes und des heiligen Geistes«, betete die Stimme auf der anderen Seite. Eine Stimme, die Pius bekannt vorkam, der er aber kein Gesicht zuordnen konnte.

»Gott, der unser Herz erleuchtet, schenke dir wahre Erkenntnis deiner Sünden und Seiner Barmherzigkeit«, sprach Pius die altvertrauten Worte. Diese Stimme … er hatte sie schon einmal gehört. Aber wo?

»Amen«, kam es durch das Holzgitter. Pius beugte sich vor, als könne er so durch die winzigen Löcher sehen.

»Ich bereue, dass ich Böses getan und Gutes unterlassen habe. Erbarme Dich meiner, o Herr«, sprach der Mann. Die Stimme war dunkel, mit ganz schwachem schwäbischem Akzent. Für einen winzigen Augenblick meinte Pius, einen Faden greifen zu können, eine Spur. Wer war dieser Mann? Dann schalt er sich selbst – es ging ihn nichts an, welches Schäfchen seine Hilfe und die Vergebung des Herrn suchte!

Pius räusperte sich. »Mein Sohn, erleichtere dein Herz.«

Hinter der Holzverkleidung raschelte es. Der Beichtstuhl knarzte leise. Pius meinte, der Mann habe sich erhoben, um zu gehen. Doch dann sprach die Stimme: »Ich habe das sechste Gebot missachtet, Pater.«

Pius sog scharf die Luft ein. Ein Ehebrecher!

»Ich habe eine fremde Frau begehrt, jawohl, das habe ich.« Die Stimme klang nun fester, fast trotzig. »Und ich weiß nicht, Pater, ob es so falsch war …« Der Mann stockte.

»Du bist also ein verheirateter Mann, mein Sohn«, sagte

Pius und sein Kopf ratterte. Im Geiste ging er die Spaichinger Einwohner durch und siebte Junggesellen und Witwer aus.

Schweigen auf der anderen Seite.

»Die Gebote unseres Herrn sind unantastbar. Und wenn du Ehebruch begangen hast, so war dies eine Sünde«, begann Pius. Dann klatschte er mit der flachen Hand auf die Bibel, die er auf dem Schoß hielt. »Mensch, du darfst deine Frau nicht betrügen«, rutschte es dem Pater heraus.

»Das weiß ich auch, aber es ist halt passiert.« Die Stimme war nun ganz leise geworden. »Ich bin doch auch bloß ein Mann.«

Pius seufzte. »Und bereust du deine Sünde?«

»Ich weiß nicht. Ja. Nein. Vielleicht.«

»Du zögerst? Wenn du nicht bereust, kann ich dich nicht lossprechen.«

»Ja, ja, ich bereue«, blaffte der Mann.

»Gut, dann …«, Pius wollte eben die Formel der Vergebung sprechen, als der Mann gegen die Trennwand klopfte.

»Das war noch nicht alles, Pater«, sagte die Stimme, die jetzt schnell und abgehackt sprach.

»Was hast du noch auf dem Herzen?«, fragte Pius und wischte in seinem Kopf all jene verheirateten Spaichinger beiseite, die eher wortkarg waren. Dieser Sünder würde ihn noch einige Zeit von der Lektüre des Thrillers abhalten!

»Gegen das siebte, achte und zehnte Gebot habe ich auch verstoßen.« Die Worte kamen wie eine Maschinengewehrsalve durch die kleinen Löcher geschossen. Pius zuckte zusammen.

»Du willst sagen, dass du gestohlen und gelogen hast und dass du deines Nächsten Haus begehrt hast?«

Der Mann lachte. »Genau das, Pater. Und wissen Sie was? So ganz sicher bin ich mir nicht, ob ich nicht doch im Recht bin.«

Pius ging im Geiste alle verheirateten, redegewandten und als nicht ganz ehrlich bekannten Bürger der Stadt durch. Vier fielen ihm ein, die schon einmal vor dem Amtsrichter gestanden hatten, weil sie den Unterschied zwischen ›mein‹ und ›dein‹ nicht ganz so ernst genommen hatten.

»Was willst du eigentlich, mein Sohn? Dass ich dir die Beichte abnehme oder dass ich dich für dein Fehlverhalten lobe?«

Pius hörte, wie der Mann den Mund mit einem leisen Schmatzen auf- und wieder zuklappte. »Die Beichte wollte ich ablegen«, beschied er schließlich.

War da ein heiseres Timbre in der Stimme gewesen? Pius Gedanken rasten. Die einen schimpften mit ihm – Pius, es geht dich nichts an, wer dieser Mann ist! –, die anderen stachelten seine Neugier weiter an – Pius, du willst halt doch wissen, wer das ist!

Pius umklammerte seinen Rosenkranz.

»Bereust du deine Sünden?«, fragte er eindringlich.

»Meine Sünden bereue ich, alles andere … nein.« Der Mann lachte leise.

Pius klopfte nun seinerseits gegen die Trennwand. Sofort erstarb das leise Kichern.

»Also gut, Pater. Ich bereue, dass ich Böses getan und Gutes unterlassen habe. Erbarme dich meiner, o Herr«, leierte der Mann herunter.

Pius' Gedanken ballten sich zusammen. Wie ein feiner Nebel tauchte ein Gesicht vor ihm auf, das zu dieser Stimme gehören konnte. Dann hatte der Pater eine Idee: »Ego te absolvo a peccatis tuis in nomine Patris et Filii et Spiritus Sancti«, sprach er die lateinische Vergebungsformel. Etwas holpernd, denn er hatte sie seit Jahren nicht gebraucht, aber immerhin noch ohne Fehler. »Danket dem Herrn, denn er ist gütig«, schob er hinterher.

Der Mann räusperte sich und sagte dann: »Sein Erbarmen währt ewig.«

Er hatte Pius also verstanden! Fielen also alle verheirateten, redseligen Gauner ohne humanistische Bildung weg. Viele Bürger blieben da nicht mehr übrig. Pius grinste. »Der Herr hat dir deine Sünden vergeben. Geh hin in Frieden«, sagte er und bat gleichzeitig den Herrn um Vergebung für das, was er gleich tun würde.

»Ich danke Dir, Herr, für die Vergebung, die ich erfahren habe«, leierte der Mann und rappelte sich hoch. Die Holztür knarrte. Auch Pius erhob sich von seiner Bank.

»Ach, Pater, vielleicht habe ich auch das fünfte Gebot gebrochen«, flüsterte die Stimme. Dann schlug die Tür auf der anderen Seite zu.

›Du sollst nicht töten …‹ Pius stockte der Atem. Eilig wollte er die Tür aufreißen, dem Mann nachblicken. Doch der Rosenkranz glitt ihm aus den zitternden Fingern und wickelte sich um seine rechte Hand. Pius zerrte an den

Holzkugeln, das schwere Kreuz schlug gegen die Tür. Der Pater griff nach der Klinke, rutschte ab, wickelte sich selbst noch weiter in den Rosenkranz ein. Pius drehte sich, so gut es ging, und drückte die Klinke mit dem Ellbogen herunter. Rasch stieß er die Tür auf und hastete in den Mittelgang. Der Mann hatte eben die Pforte erreicht und stieß das Tor auf. Seine Gummisohlen quietschten auf dem Marmorboden. Pius kniff die Augen zusammen, doch gegen das Licht von draußen konnte er nicht mehr als einen Schatten erkennen. Er wollte dem Mann hinterherrennen, doch als er den ersten Schritt getan hatte, fiel der Rosenkranz aus seiner Hand und polterte zu Boden. Pius trat auf die Kugeln und strauchelte. Er rutschte aus und konnte sich eben noch an einer Kirchenbank festhalten.

»Verzeih, Herr«, murmelte er und senkte den Kopf. »Du hast recht, ich sollte nicht so neugierig sein. Danke, dass Du mich in Deiner unendlichen Güte aufgehalten hast.« Pius ließ sich in die Bank gleiten und hob den Rosenkranz vom Boden auf. Mechanisch ließ er die Perlen durch seine Finger gleiten.

»Ave Maria«, begann er. Weiter kam er aber nicht. »Ach, Herr, ich würde halt doch gern wissen, ob das da eben nicht einer von den Engelbrüdern war…«

Hier ist Radio Donauwelle, euer Sender für den Kreis Tuttlingen! Am Mikro begleitet euch bis kurz vor Mitternacht eure Svenja. Ich hoffe, ihr seid besser drauf als die Leute heute bei meinem Hausarzt. So viele Schnupfenviren auf einmal hab ich noch nie erlebt. Wenn ich mich angesteckt habe, dann hört ihr mich morgen krächzen. Bis dahin wünsche ich euch einen schönen Abend! Packt euch warm ein und trinkt einen heißen Tee. Wer noch unterwegs ist, sollte bei Immendingen runter vom Gas. Die Polizei hat eine mobile Radarfalle aufgestellt.

Für alle, die schon zu Hause auf dem Sofa lümmeln, kommt der nächste Song: ›I go to sleep‹ von den Pretenders.

Als Verena sich nach einigen Minuten wieder auf ihren Stuhl gleiten ließ, hielt sie in der rechten Hand einen Schlüssel, der an einem schweren eisernen Anhänger befestigt war, wie er in Hotels üblich ist.

»Zimmer vier war noch frei«, lächelte sie. »Ich glaub, das ist das, von dem aus man direkt hoch zum Berg schauen kann.«

Pius nickte stumm. In Gedanken war er noch immer im Beichtstuhl.

»Ist dir was eingefallen?«, fragte sie und sah ihn eindringlich an.

Pius öffnete den Mund. Vielleicht könnte er seinem ehemaligen Schützling eine Spur liefern? Pius schloss den Mund wieder. Nein. Das Beichtgeheimnis war verbindlich. Immer. Auch bei schweren Verbrechen.

»Tut mir leid, Verena, aber ich glaube nicht, dass ich dir helfen kann.«

Die Kommissarin bemerkte die roten Flecken im Gesicht des Paters. Er wusste etwas. Verena war sich sicher. Doch sie bohrte nicht nach. Pius würde schweigen, wenn er es für richtig hielt und er würde reden, wenn er reden wollte.

»Trotzdem danke, Pater Pius«, flüsterte sie.

»Mit Vergnügen«, antwortete er und prostete Verena zu.

»Ja, mit Vergnügen werde ich mir jetzt ein Viertele bestellen. Ich muss ja nicht mehr heimfahren«, lachte die Kommissarin und ließ den Schlüssel in ihrer Hand klimpern.

Pius verzog den Mund. Dann bestellte er noch ein Alkoholfreies.

Hier ist Radio Donauwelle, euer Sender für den Kreis Tuttlingen. Am Mikro ist eure Svenja. Meine Nase kribbelt, aber das kann auch vom Parfüm kommen, das ich eben ausprobiert habe. Unser Werbepartner Drogerie Maier weist auf die Dufttage hin – ab morgen gibt's bis zum Wochenende 20 Prozent Rabatt auf alle Parfüms.

Die Polizeidirektion Tuttlingen meldet, dass Fahrzeuge, die für die Nacht am Donauspitz geparkt sind, besser weggefahren werden sollten. In den vergangenen Wochen ist es wiederholt zu Autoaufbrüchen gekommen. Wenn ihr also an eurem Autoradio hängt – tut, was die Polizei sagt.

Ob im Auto oder zu Hause, bei der Arbeit oder bei Freunden: Dreht den Lautsprecher auf, denn gleich kommen Rammstein mit ›Du riechst so gut‹.

Das leise Knarren im Flur ließ Bärbel aufschrecken. Einen Moment lang lag sie still, presste den Hinterkopf an das Kissen und zog die Bettdecke ein wenig höher. Sie schmatzte leise, um den schalen Geschmack des Schlafes aus ihrem Mund zu vertreiben. Mit einem Seufzer wuchtete sie sich auf die rechte Seite und zog die Beine an. Ihr war, als sei ihr Bauch aufgeblasen. Fett. Schwer.

Bärbel atmete schwer und versuchte, wieder einzuschlafen. Von unten, aus der Gaststube, zog noch immer leichter Biergeruch nach oben in ihre kleine Wohnung. Getrennt durch eine doppelflügelige Glastür, an der ein rot bemaltes Schild ›Privat – Zutritt verboten‹ prangte, hatte sie sich diese drei Räume von den Gästezimmern abgezwackt. Ein winziges Bad, eben gerade groß genug für ein Klo, eine Dusche und ein in die Ecke gequetschtes Waschbecken. Ein Wohnzimmer, dessen Fenster zur Hauptstraße hinausging. Ein vollgestopfter Raum, halb Büro, halb Lager für Bügelbrett und Weihnachtsdekoration, und das Schlafzimmer. Jedes Mal, wenn sie diesen Raum betrat, erinnerte die Wirtin des ›Bären‹ sich daran, wie sie das Bett ausgesucht hatte: Ein französisches sollte es sein, mit geschwungenen Metallfüßen. Ein Bett wie aus einem Film mit Brigitte Bardot. Bärbel hatte lange danach gesucht – und es erst Monate nach dem Einzug schließlich bei eBay entdeckt.

Jetzt lag sie, schwerfällig wie ein Walross, auf der Gesundheitsmatratze, schwitzte unter der Daunendecke mit dem Biberbezug und lauschte in die Dunkelheit. Da! Wieder knarrte es auf der Stiege. Ob die Kommissarin sich verlaufen hatte? Ob sie im Haus herumschnüffelte? Bärbel brummelte vor sich hin – eigentlich hätte sie morgen länger liegen bleiben können, doch diese Verena Sonstnochwer hatte das im Zimmerpreis von 49 Euro inbegriffene Frühstück auf 7 Uhr bestellt.

Unwahrscheinlich, dass die Polizistin mitten in der

Nacht durchs Haus streifte. Als Bärbel den letzten Gast endlich aus der Schankstube gefegt hatte, war das Licht im Zimmer der Kommissarin längst erloschen gewesen. Bärbel hatte es genau gesehen, unter dem Türspalt war kein heller Streifen in den Flur gedrungen.

Die Wirtin schauderte. Noch einmal knarrten die Stiegen. Ein Scharren war zu hören. Kam näher. Wurde langsam lauter. Bärbel stockte der Atem. Ihr Herz raste und in ihrem Bauch rebellierte das Kind, als wolle es die Mutter warnen. Bärbels Hände fuhren unter die Decke, umklammerten den Leib. Winzige Gliedmaßen stießen von innen gegen die Bauchdecke, quetschten den Magen, traten gegen die Blase. Kalter Schweiß brach der Wirtin aus. Doch sie rutschte tiefer und tiefer unter die Decke, als könnten die Daunen sie schützen vor … Wovor eigentlich? Vor wem?

Das Scharren hörte auf. Einen Moment lang herrschte absolute, vollkommene Stille. Bärbel meinte, ihr Herzschlag müsste bis auf den Marktplatz dröhnen, so laut wummerte es in ihrer Brust. Trotzdem – oder deswegen? – schaffte sie es, mit den Fäusten eine winzige Öffnung zwischen Decke und Matratze zu schieben. Vorsichtig lugte sie in das Zimmer, das nur von der trüben Laterne in der schmalen Gasse hinter dem Bären erhellt wurde. Da standen ihre Birkenstocklatschen auf dem Lammfell vor dem Bett, da war das abgetretene Laminat, die Beine des Stuhles vor dem unter der Dachschräge eingebauten Kleiderschrank, und da war die Tür, die sich langsam, unendlich langsam öffnete. Ein Schatten fiel auf das Laminat. Wurde länger, größer. Schwärzer. Schwappte ins Zimmer wie ein Eimer voll Kloake. Langsam. Zähflüssig.

Bärbel wollte schreien. Doch ihre Kehle war zugeschnürt wie ein Paket, ihr Gaumen trocken. Sie zitterte. Kniff die Augen zusammen. Krallte die Finger in die Decke, bis sie schmerzten.

»Ich bin es.«

Bärbel stockte der Atem. Eiskalter Schweiß trat ihr aus allen Poren.

»Ich bin es, Bärbel.«

Hinter dem Schatten glitt die Tür langsam und geräuschlos zu. Die Wirtin presste die Lider zusammen, so fest sie nur konnte.

»Ich bin es.«

Bärbel spürte, wie eine Hand nach der Bettdecke griff. Daran zog. Als habe jemand alle Kraft aus ihrem Körper gesaugt, fielen ihre Hände von der Decke ab. Schlaff wie eine Puppe lag sie da und ließ es geschehen, dass die Decke vom Bett gezogen wurde.

»Versteck dich nicht, ich bin es doch.«

»Manfred«, formten ihre Lippen, doch kein Laut kam herüber.

Allmählich schälte sich die Gestalt eines Mannes aus dem Dunkel des Zimmers und der Schatten nahm Konturen an. Der schwache Duft von ›Axe Alaska‹, gepaart mit einer Prise ›Tabac Original‹ schwebte in der Luft, als die Gestalt sich auf den Bettrand setzte.

Bärbel spürte eine Hand auf ihrer Schulter. »Aber das kann nicht … du bist doch … Manfred!«, stammelte sie.

Hastig tappte sie neben sich, fand den Schalter und mit einem Schlag erhellte das grelle Licht der Nachttischlampe das Zimmer. Bärbel schrie auf.

»Nicht wahr, das sieht nicht schön aus«, sagte Manfred Engel und strich sich mit der Hand über die zerschundene Stirn. Das linke Auge war zur Gänze zugeschwollen, kaum zu erahnen. Über den Brauen klaffte eine Wunde, an deren Rändern das Blut getrocknet war. Die Nase war nur mehr ein Fleischklumpen und dort, wo das Kinn hätte sein sollen jenes Kinn, das Bärbel so gerne gestreichelt hatte, wenn der Bart ihres Geliebten als kleine blonde Stoppeln an ihrer Haut kratzte, stachen grellweiße Knochen aus dem blutroten Fleisch.

»Du …« Mehr brachte Bärbel nicht heraus. Manfreds rechtes Auge glitt wie eine Murmel in seiner Höhle hin und her. Schien keinen Halt zu finden bei dem, was er sah. Und blieb dann doch auf Bärbels prallem Bauch haften.

»Das Kind.« Manfreds Stimme war kalt. Eiskalt. »Es geht nicht. Nicht jetzt. Kein Kind.«

Bärbel riss die Augen auf. Umklammerte den Bauch. Sah, wie Manfred hinter sich griff. Ein Messer hinter seinem Rücken hervorholte. Die Klinge blitzte im Schein der Nachttischlampe. Bärbel krallte sich am Metallpfosten des Bettes fest, wollte sich hochziehen. Doch Manfred Engel war schneller. Wie ein Blitz schoss seine Hand nieder, die Klinge zerriss Bärbels Nachthemd, ruckte über die gespannte Haut und fuhr in ihren schwangeren Bauch …

Bärbel schrie. Gellend hallte das Kreischen durch das Haus. Sie schrie und schrie und konnte sich nicht regen.

»Was ist denn los? Um Gottes willen, was schreien Sie denn so?« Verena Hälble riss die Tür auf und stürzte auf das Bett zu. Das T-Shirt mit dem verwaschenen Snoopy-Aufdruck über der Brust war zerknautscht, die Unterhose der Kommissarin klemmte zwischen ihren Pobacken.

»Bärbel, kommen Sie zu sich, so wachen Sie doch auf!« Verena war versucht, der Träumenden eine schallende Ohrfeige zu verpassen, doch da riss die Wirtin die Augen weit auf.

Mit einem Schlag erstickte der Schrei in ihrer Kehle. Benommen und mit zitternden Händen strich Bärbel über die Bettdecke, die sie wie einen Ball vor dem Bauch hielt. »Ich ... ich habe geträumt ... es ist nichts, alles gut«, stammelte sie.

»Das klang aber gar nicht gut«, konstatierte die Kommissarin und ließ den Blick durch das Zimmer schweifen.

Bärbel strich sich die verschwitzten Haare aus dem Gesicht und setzte sich auf. »Ich habe nur geträumt, Frau Kommissarin, alles ist gut, wirklich«, beteuerte sie, was sie selbst nicht glaubte.

»Kann ich etwas für Sie tun? »

»Nein, nein. Gehen Sie schlafen, Frau Hälble. Das ist mir jetzt aber arg unangenehm.« Die Wirtin zog das Nachthemd über die Knie.

Verena seufzte und wandte sich zum Gehen.

Heftig atmend ließ Bärbel sich in die Kissen zurücksinken. Sie sah kaum, dass die Kommissarin mit einer raschen Handbewegung ihren Slip geradezog.

»Können Sie mir morgen ein Rührei machen?«, fragte Verena, als sie schon halb aus dem Zimmer war.

»Natürlich, Rührei«, murmelte Bärbel.

»Gute Nacht.« Verena zog leise die Tür zu.

Bärbel lauschte ihren Schritten, bis sie verklungen waren. Dann tastete sie mit zitternden Händen nach ihrem Bauch. Er war flach. Stramm. Kein Ballon war da. Bärbel schlug die Hände vor das Gesicht und stöhnte. Noch flach. Noch straff. Und ganz bald schon ein dicker, fetter Ballon.

Die Nachttischlampe ließ sie in dieser Nacht brennen.

TAG 2

Hier ist Radio Donauwelle, euer Sender für den Kreis Tuttlingen! An einem eiskalten Novembermorgen begrüßt euch euer Morgenmann Steven. Bleibt ruhig noch eine Weile in den Federn, wir wecken euch mit dem Besten aus dem Musikarchiv.

Für alle Frühaufsteher ein Hinweis von unserem Werbepartner Optik Suttner: Heute gibt es nochmals saftige Rabatte, und zwar 30 Prozent auf alle Brillenfassungen. Und unser Partner Drogerie Maier erinnert euch an die Dufttage. Reinkommen, schnuppern und schon jetzt ein kräftig reduziertes Parfüm für die Weihnachtstage kaufen!

Runter vom Gas heißt die Devise aus Spaichingen kommend Richtung Aldingen: Auf Höhe des Bauernmarktes steht ein Blitzer.

Und hier kommt für alle Ausgeschlafenen die ›Bohemian Rhapsody‹ von Queen.

»Himmelarschundzwirn!« Arthur Hafen presste den herzhaften Fluch durch die zusammengebissenen Zähne. Sein großer Zeh pulsierte und die Kappe des rechten Schuhs zierte eine tiefe Schramme. »Wer streicht denn einen Betonkübel wie Holz an!«, brüllte der Bürgermeister-Stellvertreter und starrte auf das Pflanzgefäß, dem er eben einen herzhaften Tritt verpasst hatte. Ein Holzkübel wäre die

Treppen hinuntergeschlittert – konnte er ahnen, dass Familie Engel einen bemalten Betonklotz vor der Haustür stehen hatte? Die weiß blühenden Erikapflanzen schienen ihn hämisch anzugrinsen.

Noch einmal und noch einmal stach Hafen mit seinem Zeigefinger auf den Klingelknopf ein. Schon dreiviertel neun und der Schultes pennt immer noch, dachte er. Missmutig starrte er auf den zerschrammten Schuh. Den würde er schwerlich als neu und ungetragen wieder zurück in das Regal seines Ladens stellen können. Da war eine ganze Menge Schuhcreme fällig, ehe er dieses Paar Lederschuhe mit unverwüstlicher Gummisohle an einen Käufer bringen könnte.

»Verdammtundzugenäht«, wollte Hafen gerade zu einer zweiten Tirade ansetzen, als der Summer ertönte. Ein leichter Druck mit dem eben noch dauerklingelnden Zeigefinger genügte, schon schwang die Haustür auf. Arthur Hafen blinzelte gegen das Dämmerlicht im Flur an. Gewohnheitsmäßig scharrte er mit den Füßen auf der Strohmatte, ehe er eintrat.

»Saget Se mol, wissed Sie, wie schbäd des isch?«, rief der Schuhhändler der noch geschlossenen Tür zum Wohnraum zu. Auf ein ›Guten Morgen‹ verzichtete Arthur Hafen – sollte der Schultes ruhig merken, dass er nicht zum freundlichen Geplänkel erschienen war.

»Die Uhr zeigt 8.47.« Marlies Engel zog den Morgenmantel enger, als sie die Treppe aus dem Obergeschoss langsam hinunterging. »Guten Morgen, Herr Hafen«, grüßte sie mit leiser Stimme.

Hafen kratzte sich am Kopf. »Morgen«, presste er dann hervor. »Isch es möglich, den Herrn des Hauses zu sprechen?«

Marlies Engel schwieg. Als sei der Stellvertreter ihres Mannes gar nicht da, ging sie an Arthur Hafen vorbei in die Küche. Im Vorübergehen streifte der Frotteestoff ihres Bademantels die Jacke des morgendlichen Besuchers, dem Marlies Engels schwach duftendes Parfüm und ein säuerlicher Schlafgeruch in die Nase stieg.

Einen Moment zögerte Hafen. Dann ging auch er in die Küche.

Marlies Engel hantierte an der Kaffeemaschine. Das Haar am Hinterkopf war vom Schlaf platt an den Kopf gedrückt, an den Füßen trug Frau Bürgermeister plüschige Pantoffeln in abgewetztem Altrosé. Arthur Hafen registrierte automatisch, dass diese Hausschuhe nicht aus seinem Geschäft stammten, und rümpfte die Nase.

»So, braucht der Herr Bürgermeister erst mal einen starken Kaffee?«, giftete Hafen und lehnte sich an die Anrichte. Langsam, als habe man sie in Zeitlupe eingestellt, drehte Marlies Engel sich zu ihm um. Die ungeschminkten Augen waren rot verquollen und ihre Lippen bebten. Die Hand, mit der sie die Kaffeekanne hielt, zitterte bedenklich und eben, als Hafen ›Vorsicht!‹ rufen wollte, knallte die Kanne auf den Boden und zerschellte auf den weißen Fliesen in tausend kleine Glasscherben. Marlies Engel schlug die Hände vors Gesicht und gab einen Laut von sich, den Hafen nur von jenen Katzen kannte, die er als Junge mit seiner Steinschleuder beschossen und getroffen hatte.

Erschrocken wollte Hafen einen Schritt zurück machen, doch er stieß gegen einen Küchenschrank. Hinter ihm polterte es, dann krachte eine Flasche Multivitaminsaft neben seinen Füßen auf den Boden. Die klebrige Flüssigkeit spritzte auf seine Hose und auf die Schuhe.

»Nein«, schluchzte Marlies Engel und ließ sich auf den Küchenstuhl fallen.

»Aber Frau Engel, das ist doch kein Grund, das war doch nur eine Kanne und den Saft kann man aufwischen.« Arthur Hafen geriet ins Stottern. Frauen waren für ihn schon immer ein schwieriges Terrain gewesen. Frauen und Tränen sowieso. Und dann erst eine weinende Frau im Morgenmantel!

»Mein Mann kommt nicht«, presste Marlies Engel schließlich hervor, ehe ein erneutes Schluchzen sie packte und schüttelte, als sei sie einer jener batteriebetriebener Affen, die Arthur Hafen zur Weihnachtszeit als Schaufensterdekoration verwendete.

Hilflos sah der Schuhhändler sich in der Küche um und entdeckte über der Spüle an einem Drahtgestell eine Rolle Küchenpapier. Hafen machte einen großen Schritt, um nicht in die Saftlache zu treten, und angelte nach der Rolle. Unschlüssig, ob er sich zuerst um den nassen Boden oder um Marlies Engel kümmern sollte, riss er vier Blätter ab und hielt sie hoch.

»Danke«, sagte Marlies Engel und nahm Hafen das Küchenpapier aus der Hand. Mit dem blau geblümten Krepp wischte sie sich über die Augen, die davon noch röter und verquollener wurden, und schnäuzte sich dann geräuschvoll. Ohne aufzublicken, hielt sie das zerknüllte Küchenpapier Richtung Arthur Hafen, der es mit spitzen Fingern entgegennahm und in die Spüle fallen ließ.

»Was heißt das – er kommt nicht?«, brummte Hafen, dem Marlies' Heulkrampf nun doch allen Wind aus den Segeln genommen hatte.

»Das heißt, dass er nie wieder kommt«, presste Marlies Engel hervor.

»Hat der Sie etwa verlassen?« Hafen spürte, wie seine Wut zurückkehrte. Marlies Engel hob den Kopf und sah ihn unverwandt aus großen Augen an. Mit einem Mal schien sie völlig ruhig zu sein.

»Mich hat er verlassen, Sie hat er verlassen, die ganze Welt hat er verlassen.«

»Ja, und wo ist er bitte hin?« Ungeduldig drehte Hafen die Rolle mit Küchenkrepp in den Händen.

»Weg ist er. Tot ist er. Lebt nicht mehr. Verstehen Sie jetzt?« Die letzten Worte schrie Marlies Engel beinahe.

Noch ehe die Nachricht ganz in Arthur Hafens Kopf angekommen war, war die Zewarolle zu Boden gesegelt. Die Blätter rollten sich sinnlos von selbst ab. Der Bürgermeister-Stellvertreter ließ sich auf einen Küchenstuhl sinken. »Das … das … da fehlen mir … die Worte … mein Beileid, mein aufrichtiges Beileid«, stotterte Hafen. Aus seinem Gesicht war die gesunde Röte des wutschnaubenden Lokalpolitikers gewichen und hatte einer käsigen Bleiche Platz gemacht. Einzig die Äderchen auf Hafens imposanter Nase leuchteten so rot wie noch wenige Augenblicke zuvor.

Minutenlang starrte Hafen abwechselnd auf die wie versteinert den Kopf in den Händen bergende Marlies Engel und auf die Saftpfütze, die sich langsam über die Fliesen ausdehnte. Als der Saft beinahe das Tischbein erreicht hatte, räusperte er sich. »Wie ist er denn gestorben?«

»Ach, Herr Hafen, das ist so entsetzlich, ich kann es gar nicht sagen«, schluchzte die Witwe. »Gestern ist es passiert. Vom Turm auf dem Berg gefallen ist er«, flüsterte sie dann so leise, dass Hafen Mühe hatte, die Worte zu verstehen.

»Oh«, kommentierte er schließlich. Und dann noch einmal: »Oh.« Und dann wurde sein Gesicht mit einem Schlag wieder durchblutet. Der Bürgermeister war tot. Und er, Arthur Hafen, war sein Stellvertreter. Warum zum Teufel hatte ihn keiner vom Tode Engels unterrichtet? Und was musste er nun tun? Die Amtsgeschäfte übernehmen. Ins Rathaus gehen. Seiner Frau Bescheid sagen, die Aushilfe, die sonst nur nachmittags kam, sofort in den Laden bestellen. Seine Gedanken rasten und so bekam er kaum mit, wie Marlies Engel ihn leise, aber eindringlich, zum Gehen aufforderte.

Hier ist Radio Donauwelle, euer Sender für den Kreis Tuttlingen mit einer Eilmeldung aus der Nachrichtenredaktion. Am Mikrofon ist euer Morgenmann Steven und ich kann euch sagen, das haut selbst mich um: Angeblich ist der Spaichinger Bürgermeister Manfred Engel tot. Anscheinend seit gestern. Leute, mehr wissen wir auch nicht, noch ist es nicht viel mehr als ein Gerücht. Aber ihr wisst ja, bei uns seid ihr immer am schnellsten informiert.

Wir halten euch auf dem Laufenden. Bis dahin sorgt unser Werbepartner Optik Gebrüder Karl für Durchblick, denn dort gibt es heute 35 Prozent Rabatt auf alle Fassungen und ein kostenloses Brillenetui obendrauf.

Ganz sicher kein Gerücht ist die Sperrung der Ludwigstaler Straße wegen Kanalarbeiten. Eine Umleitung ist ausgeschildert. Jetzt noch ein Musikwunsch für Andreas aus Bubsheim, der mit ›Waterloo‹ von Abba seinen Kumpel Mario grüßt, dem man gestern bei einem Konzert in Trossingen die Mundharmonika gestohlen hat.

Bei der Polizei beugte sich in diesen Minuten Verena Hälble über den Obduktionsbericht aus Tübingen. Sie versuchte krampfhaft, die medizinischen Fachbegriffe zu verstehen.

»Na, Kollegin?«, meinte Fischer und trat hinter sie. Verena konnte es nicht leiden, wenn man ihr beim Lesen über die Schulter sah. Sie schnaubte leise.

»Darf ich mal?«, fragte Fischer und griff, ohne Verenas Antwort abzuwarten, nach dem Papier.

»Sauber!«, meinte er. »Prellungen, Hämatome am ganzen Körper. Milzriss, Lungenriss, Hämatome auf der Brust, die aber wohl nicht vom Sturz stammen«, las er laut vor.

»Aha, Lateiner, was?«, knurrte Verena.

»Nein, in der Polizeischule aufgepasst«, konterte Thorben Fischer und zwinkerte Verena zu. Die verdrehte die Augen. Schöne Augen, wie Fischer heimlich feststellte.

»Und woran, Herr Professor, ist er nun gestorben?«, blaffte sie.

»An der Höhe?«, sagte Fischer und grinste.

»Haha!«

»Genickbruch. Und wenn er daran nicht gestorben wäre, dann wohl an einem zerquetschten Schädel.« Fischer legte den Obduktionsbericht zurück auf Verenas Schreibtisch. »Hackfleisch, sozusagen. Ich schätze, es ist ganz gut, dass der Engel das nicht überlebt hat, der wäre sonst Gemüse geblieben.«

»Sehr geschmackvoll, Herr Kollege«, knurrte Verena und packte den Obduktionsbericht auf den Papierstapel neben dem Telefon. »Und was folgern Sie aus den Hämatomen an Engels Brust?«, fragte sie spitz.

Thorben Fischer machte mit beiden Händen eine Bewegung, als wolle er einen Mann von sich zurückstoßen.

»Wer das war, wissen Sie aber nicht, Herr Schlaumeier?«

»Nein, Frau Kollegin, ein bisschen Arbeit sollen Sie ja auch noch haben!«

Verena ballte die Hände unter dem Tisch zu Fäusten. Wer zum Teufel hatte nur die grandiose Idee gehabt, ihr ausgerechnet diesen Lackaffen als Assistenten zuzuweisen?

Hier ist Radio Donauwelle, euer Sender für den Kreis Tuttlingen. Ich bin euer Morgenmann Mario und hinter mir rödelt die Nachrichtenredaktion. Leute, ruft bitte nicht mehr an – wir haben das Gerücht, dass der Spaichinger Bürgermeister Manfred Engel tot ist, noch nicht bestätigt bekommen. Wir halten euch auf dem Laufenden, und wenn es was Neues gibt, dann hört ihr es auf der Donauwelle sofort.

Bis dahin und bis zu den Nachrichten in wenigen Minuten halten euch Snow Patrol mit ›Chasing Cars‹ bei Laune.

Dass Arthur Hafen auf dem Weg zu seinem Wagen in eine Pfütze trat und damit die Lederschuhe endgültig ruinierte, merkte er nicht. Er übersah, wie er ein Stoppschild missachtete, nahm nicht wahr, dass er am Fußgängerüberweg beim Primcenter nicht anhielt, als eine Mutter samt Kinderwagen eben die Straße überqueren wollte. Um Haaresbreite verfehlte Hafen den Kinderwagen – doch auch das ging an ihm vorbei. Er kam erst wieder zu sich, als er seinen Wagen vor dem ›Bären‹ abstellte und mit großen Schritten in die Schankstube polterte.

»Jetzt guck naaa, der Schuh-Hafen, hosch koi Gschäft heut Morga?«, frotzelte Winfried Hecht. Der Kämmerer und Archivar der Stadt hatte es sich zur Gewohnheit gemacht, seine Frühstückspause im ›Bären‹ zu verbringen, wann immer die Arbeit es zuließ. Wozu sonst fing er um 6.15 Uhr zu arbeiten an, wenn er sich seine Gleitzeit nicht so angenehm sollte einteilen können?

»Wir haben gleich alle mehr Gschäft, als uns lieb ist«, grummelte Hafen und rutschte auf einen freien Stuhl am Stammtisch. Neben Kämmerer Hecht saßen dort bereits Schorsch und Erich, die beide aussahen, als seien sie gestern gar nicht erst nach Hause gegangen, sowie Michael Ritter. Der Redakteur des Bergboten, allgemein nur als ›rasender Mike‹ bekannt, war mit seinen 32 Jahren mit Abstand der

Jüngste in der Runde – und mit Sicherheit der Einzige, der hier im Dienst war.

»Soso, viel Gschäft, plant die Stadt mal wieder einen Markttag und sollen wir Brötle und Gutsle verkaufen?«, witzelte Erich.

»Oder sollen wir für die Patres auf dem Berg was für den nächsten Basar stricken?«, setzte Schorsch eins drauf. Beide nuckelten an ihren Biergläsern, nachdem sie grinsend ihre Bemerkungen abgelassen hatten.

»Morgen, Arthur, was darf ich dir bringen?« Wie aus dem Nichts war die Wirtin aufgetaucht.

»Einen Kaffe, bitte«, beeilte Hafen sich zu sagen in der Hoffnung, sie möge so schnell als möglich wieder verschwinden, obwohl sie wie immer einen leckeren Anblick bot, noch immer jugendlich, knackig und eben genau so, wie ein Trinker sich seine Wirtin wünschte. Die dunklen Ringe unter Bärbels Augen nahm keiner der Männer wahr und wenn doch, dann schoben sie es auf das Wetter, auf einen langen Abend oder auf ein typisches Frauenleiden.

Kaum war Bärbel hinter dem Tresen verschwunden und kaum brummte und zischte die erst vor Kurzem installierte italienische Profimaschine, beugte Mike sich über den Tisch zu Hafen hin. »So ohne Grund lassen Sie doch den Laden nicht allein, Herr Hafen«, sagte er und zwinkerte verschwörerisch mit den Augen.

Diesen und noch viel mehr Tricks hatte er einst auf der Journalistenschule gelernt – und viel zu selten konnte er sie in diesem Kaff einsetzen. Hauptversammlungen und Auftritte des Kirchenchores waren eben etwas anderes als der investigative Journalismus, nach dem Ritter sich sehnte. Und dass die Badgers mit dem Rollhockey in die Bundesliga gestürmt waren, nutzte ihm wenig, der Sport fiel nicht in sein Ressort. Vielleicht passierte ja doch endlich mal etwas in Spaichingen – auch wenn die Aussicht darauf mehr als gering war.

»Oh nein, ich hab einen Grund, einen verdammt guten sogar«, versicherte Hafen und rückte sich auf dem Stuhl zurecht.

»Jetzt machen Sie es nicht so spannend, ich muss gleich ins Rathaus zurück«, brummte Winfried Hecht und rührte in seiner mittlerweile ausgetrunkenen Tasse, um den letzten Rest des Milchschaums zu erwischen.

»Wenn Sie das hören, dann haben Sie sicher Zeit«, orakelte Hafen.

»Na, meine Herren, konspirative Sitzung?«, grinste Bärbel, als sie den Kaffee mit dem enormen Schaumberg auf der Tasse vor Hafen auf den Tisch stellte. »Na, dann will ich mal nicht stören. Wenn keiner was braucht, würde ich in die Küche gehen.«

»Schon recht, Bärbel, die Mittagsgäste wollen auch ihr Essen, wir haben alles«, sagte Hafen, der dabei Schorsch und Erich ignorierte, die beinahe entsetzt ihre fast ausgetrunkenen Biergläser anstarrten. »Wir rufen dich, wenn wir was brauchen«, rief Hafen der Wirtin noch nach.

»So, Arthur, und jetzt raus mit der Sprache! Was ist los?« Schorsch trommelte ungehalten mit den Fingern auf die Tischplatte. »Wenn's nix Wichtiges ist, dann …«, brummte der Stammtischbruder, der seine übliche Bierration in Gefahr sah.

»Und ob das was Wichtiges ist, der Knaller ist das.« Arthur Hafen lehnte sich zurück, verschränkte die Arme vor der Brust und sah einen nach dem anderen mit bedeutungsschwangerem Gesichtsausdruck an. Bei Mike Ritter blieb sein Blick schließlich haften: »Die nächsten Zeitungsseiten sind quasi schon voll, die Aufmacher kommen nicht aus Tuttlingen in den nächsten Tagen.«

Ritter ballte unter dem Tisch die Fäuste. Wer oder was in seine Zeitung kam – das entschied immer noch er allein!

»Kannsch jetzt mal auf den Punkt kommen?«, unterbrach Erich die Stille.

»Gut, meine Herren, Sie sind die Ersten, die es erfahren.« Hafen beugte sich über den Tisch und dann platzte es aus ihm heraus: »Der Engel ist tot.«

Hier ist Radio Donauwelle mit einer Eilmeldung. Manfred Engel, Bürgermeister der Stadt Spaichingen, ist tot. Das wurde uns soeben von der Polizei bestätigt. Manfred Engel stürzte gestern in den frühen Morgenstunden vom Turm der Kirche auf dem Dreifaltigkeitsberg. Zu den näheren Umständen erfahren wir mehr bei einer Pressekonferenz. Manfred Engel hinterlässt seine Frau Marlies.

Unser Nachrichtenteam stellt für euch alle Fakten zusammen. In der nächsten Stunde hören wir einen Nachruf auf den Bürgermeister. Dann gibt es auch nochmal Ausschnitte aus dem letzten Interview mit Manfred Engel, in dem er über die Ausbaupläne des Freibads gesprochen hat.

Leute, ich bin total fertig. Ihr da draußen sicher auch. Für Manfred Engel, wo auch immer er jetzt ist, spiele ich meinen Liebslingssong von Led Zeppelin: ›Stairway to heaven‹.

Pius griff in die Papiertüte, die neben ihm auf dem Beifahrersitz lag. Johannes hatte ihm schnell noch eine Butterbrezel zugesteckt, als Pius aus dem Haus gehetzt war. Manchmal dachte Pius, die Brüder waren für ihn mehr Familie, als die leibliche es jemals war. Der strenge Vater und die Mutter, die mit Streicheleinheiten geizte, hatten ihn und die Geschwister niemals so umsorgt. Nicht verzärteln, hatten sie das genannt. Eine Butterbrezel zur Aufmunterung? Niemals hatte der kleine Pius das bekommen. Die Liebe, nach der er sich sehnte, hatte er schon früh in den Augen der Holzfigur zu sehen gemeint, die im Herrgottswinkel der guten Stube prangte.

Der Pater zog den Schlüssel ab und stemmte sich aus dem Wagen. Leise seufzend kaute er auf dem letzten Brezelbissen herum, ehe er zum Haus ging. Hinter dem Küchenfenster erkannte er Marlies Engel.

Bevor Pius auf den Klingelknopf drückte, kramte er in der Tasche seiner schwarzen Kutte nach dem Schokoladenbonbon, das er aus Johannes' privatem Lager gemopst hatte – ohne schlechtes Gewissen, denn Johannes lagerte die Schokodrops einzig und allein für ihn. Noch etwas, das Pius ein wohliges Gefühl vermittelte. Seine Mutter hatte für ihn und die drei Brüder niemals auch nur ein Zuckerstück übrig gehabt.

Als Marlies Engel die Tür öffnete, schob Pius den Drop mit der Zunge in die Backentasche. Die leicht bittere Süße machte ihm den Anblick der verheulten, zerzausten Witwe etwas leichter.

»Danke, dass Sie so schnell gekommen sind«, flüsterte Marlies Engel und hielt ihm die Hand zum Gruß hin. Ihr Händedruck war kraftlos und die eisigen Finger lagen schlaff in Pius' Hand. »Mein Mann hätte sicher gewollt, dass Sie die Trauerfeier gestalten.« Tränen traten ihr in die Augen. Hastig wischte Marlies Engel sie mit dem Handrücken fort.

Pius nickte stumm und folgte Frau Engel durch den Flur. Halb amüsiert, halb erschrocken registrierte er, dass die Witwe am linken Fuß einen blauen und am rechten einen grauen Socken trug. Das Haar an ihrem Hinterkopf war ungekämmt und zerstrubbelt. Pius zerknackte das Schokobonbon mit den Backenzähnen und schluckte es hinunter.

»Bitte«, meinte die Hausherrin und bedeutete Pius mit ausgestrecktem Arm, ins Wohnzimmer zu gehen.

Der hatte Mühe, einen erstaunten Aufschrei zu unterdrücken. Stumm schickte er ein Stoßgebet zum Himmel: Wohin er auch blickte, überall lagen Papiere. Briefumschläge, aufgeschlagene Aktenordner, Pappkisten voller Papierschnipsel, lose Blätter. Die Anrichte, die er bei seinen vergangenen Besuchen stets blank poliert und mit wenigen ausgesuchten Stücken dekoriert gesehen hatte, mutete wie ein Aktenschrank an, in dem ein Tornado gewütet hatte. Die roten Kissen mit den gestickten Ornamenten, welche sonst der beigefarbenen Couch etwas Farbe verliehen, waren zur Gänze unter losen Papierbögen verborgen. Auf dem Couchtisch stapelten sich halb durchgeblätterte Ordner, der Teppichboden war übersät mit Papieren, als habe ein Windstoß ein Großraumbüro durcheinandergewirbelt.

Marlies Engel bemerkte Pius fragenden Blick. Keinlaut murmelte sie ein »Verzeihen Sie, wie es hier aussieht.«

Pius legte ihr beruhigend die Hand auf die Schulter.

Frau Engel zuckte unter seiner Berührung zusammen, dann wandte sie sich abrupt um und hastete aus dem Zimmer. »Nehmen Sie Platz, ich mache uns einen Kaffee, ich habe eine neue Maschine«, rief sie aus der Küche.

Pius langte in seine Kuttentasche, doch außer einem leeren Bonbonpapier und einem benutzten Papiertaschentuch war nichts darin. Der Pater seufzte und ging zur Couch. Vorsichtig schob er einige Blätter zur Seite und setzte sich auf den so frei gewordenen Platz. Tief sank er in die weichen Polster ein.

Aus der Küche drang gedämpftes Klappern in die Stube. Der Pater schloss die Augen und versuchte sich vorzustellen, wie es noch vor wenigen Tagen in diesem Wohnzimmer gewesen sein musste, abends, als die Eheleute nach einem langen Arbeitstag zu zweit hier saßen. Hatte Manfred Engel Nachrichten angeschaut? Tierfilme oder Krimis? Hatten sie gelesen, jeder in einem anderen Buch? Oder sich unterhalten? Pius fiel es schwer, sich einen ganz normalen Abend bei den Engels auszumalen.

Er schreckte aus seinen Gedanken hoch, als Marlies Engel mit der Spitze des Pantoffels die Tür aufstieß. Auf einem Tablett balancierte sie zwei Tassen, aus denen Dampf aufstieg.

»Oh«, sagte sie und blickte ratlos vom mit Papieren beladenen Tisch zu Pius.

»Einen Moment«, reagierte der prompt und schob vorsichtig die Ordner zur Seite, sodass sie das Tablett auf dem Couchtisch platzieren konnte.

»Jetzt hab ich die Milch vergessen, Sie nehmen doch Milch?«

»Gerne, Frau Engel.«

»Einen Augenblick«, entschuldigte sich die Witwe, drehte sich um und hastete zurück in die Küche.

Pius, der mit einer Hand das Tablett stützte, damit es nicht vom Tisch fiel, schob mit der anderen die Ordner noch ein wenig weiter nach rechts. Mit einem leisen Poltern rutschte eine schmale Mappe auf den Boden. Blätter rutschten heraus.

Pius rückte das Tablett vollständig auf den Tisch und bückte sich nach den Zetteln. Hastig schob er sie zu einem Haufen zusammen. Eben wollte er sie in die Mappe zurücklegen, da fiel sein Blick auf das oberste Blatt. Ein Kontoauszug. Ausgestellt für Herrn Manfred Engel. ›Überweisung: 57.000€. Verwendungszweck bekannt‹, las Pius.

»Geht auch normale Milch, Pater Pius? Die Kaffeesahne ist alle!«, rief Frau Engel aus der Küche.

»Bestens, gerne«, antwortete Pius. Und stopfte, ehe er überhaupt nachdenken konnte, den Kontoauszug in die Hosentasche.

Wieder stieß Marlies Engel die Tür mit dem Fuß auf.

»Ist Ihnen warm?«, fragte sie mit einem Blick auf Pius rote Wangen.

Als sie ihm fragend in die Augen sah, wurde Pius tatsächlich heiß. Der Kontoauszug in seiner Tasche schien zu brennen. »Nein, es geht schon«, antwortete er und griff, um Frau Engel nicht anschauen zu müssen, nach seiner Kaffeetasse. Der Pater pustete hinein, doch das schlechte Gewissen, das sein Herz zum Rasen brachte, ließ sich dadurch nicht vertreiben.

Frau Engel nahm einen Papierstapel vom Sessel, platzierte ihn neben sich auf den Boden und ließ sich mit einem leisen Seufzer in die Polster sinken.

»Entschuldigen Sie die Unordnung«, sagte sie nochmals. »Es ist so, das ganze Finanzielle hat immer mein Mann gemacht. Ich war auf der Suche nach den Unterlagen für die Lebensversicherung, aber …« Marlies Engel stockte.

Pius nickte ihr aufmunternd zu. Er wusste, dass es am besten war, Trauernde reden zu lassen. Reden. Egal, was.

»… die Police war aber nicht im Versicherungsordner abgeheftet und so habe ich eine Akte nach der anderen herausgesucht. Ich verstehe von all dem ja nichts.« Der Witwe schossen die Tränen in die Augen. Sie wischte sie mit dem Handrücken fort.

»Wissen Sie, mein Mann, das war einer, der hat sich wohlgefühlt, wenn er Papiere und Akten um sich hatte. Er hat ja zuerst Biologie studiert, auf Lehramt, dann aber auf Jura umgesattelt.«

Wieder nickte Pius aufmunternd. Im Kopf machte er sich eine Notiz für die Trauerrede, die er am Abend schreiben wollte: ›Der Verstorbene hatte sich schon in jungen Jahren Recht und Gesetz verpflichtet.‹

»Jedenfalls, als wir uns kennenlernten, da stand er an der Bushaltestelle, hatte den ›Schönfelder‹ unter den Arm geklemmt und eine Zigarette zwischen den Lippen«, fuhr die Witwe fort. »Ich kam gerade von der Arbeit, ich war in München als Verkäuferin beim Karstadt angestellt. Wie er da so stand, ein Bild von Mann, ich hab ganz weiche Knie bekommen.« Marlies' Blick glitt in die Ferne und Pius spürte, dass sie ihn vergessen hatte. Die Trauernde schwelgte in der Vergangenheit.

»Natürlich habe ich ihn nicht angesprochen, das gehört sich ja nicht, aber ich hab schon darauf geachtet, jeden Tag zur selben Zeit an die Bushaltestelle zu gehen. An den meisten Tagen war er da, und wirklich, eines Tages hat er dann die Initiative ergriffen. Noch am Abend haben wir uns vor dem Hofbräuhaus verabredet, aber selbstverständlich gingen wir nicht hinein, wir sind stattdessen durch die Stadt gebummelt. Im Herbst dann, Monate nach unserer ersten Begegnung, fragte Manfred mich, ob ich ihn heiraten wollte. Das war vorm Dallmayr.« Marlies Engel seufzte.

Pius auch – denn er dachte an die Fernsehwerbung für Prodomo, das wunderschön dekorierte Schaufenster und die Verkäuferin in der frisch gestärkten Schürze.

»Der Dallmayr sieht wirklich so aus wie im Fernsehen«, erklärte Marlies Engel, als habe sie Pius Gedanken erraten. »Aber so gemütlich wie in der Werbung war's da schon damals nicht.«

Pius nickte und notierte im Geiste: ›Mit seiner Frau Marlies verband ihn eine tiefe Liebe‹.

Die Witwe senkte den Blick und starrte auf den Ehering an ihrer rechten Hand. Versonnen schob sie das Schmuckstück auf dem Finger auf und ab. Sie erzählte von den ersten Ehejahren in München, als ihr Manfred in der Staatskanzlei als Rechtsreferendar arbeitete. Vom gemeinsamen Umzug in dessen Heimatstadt Spaichingen, der zu pflegenden Eltern wegen. Pius kannte Engels Lebenslauf: Als Verwaltungsangestellter im Tuttlinger Landratsamt war ihm genügend Freizeit geblieben, um sich für den Gemeinderat der Primstadt aufstellen zu lassen. Bei der ersten Wahl entfielen nur wenige Stimmen auf ihn. Doch vier Jahre, zahlreiche Vereinsmitgliedschaften und Leserbriefe im ›Bergbote‹ später war Engel bekannt genug, um in das Lokalparlament einzuziehen. Zwei Legislaturperioden – und zwei Fehlgeburten seiner Frau – darauf kandidierte er für das Amt des Bürgermeisters. Seit seinem grandiosen Wahlsieg mit über 70 Prozent der Wählerstimmen regierte Engel die Geschicke der Stadt am Fuße des Dreifaltigkeitsbergs.

›Ein Lokalpolitiker mit Leib und Seele‹, arbeitete Pater Pius in Gedanken weiter an seiner Rede. Wie so oft in solchen Momenten fragte er sich, was man dereinst über ihn sagen würde. ›Tief gläubig seit der Kindheit‹? ›Ein Leben, das Gott gewidmet war‹? Ja – aber niemand würde seine anfänglichen Zweifel verstehen, seinen Hader mit den Eltern und seine – längst vergangene – pubertäre Sehnsucht nach Maria. Nicht der Muttergottes, sondern der Bäckerstochter mit den rotblonden Locken.

Marlies Engel stockte in ihrer Erzählung.

Pius räusperte sich. Jetzt war der Moment gekommen, in dem er als Seelsorger gefragt war. »Möchten Sie, dass ich etwas Privateres bei der Trauerfeier sage?«, wagte er einen vorsichtigen Vorstoß.

Frau Engel nickte. Einen Moment herrschte Schweigen in der Stube und Pius wagte nicht, sich zu bewegen, als könne ein Rascheln aus seiner Hosentasche ihn verraten.

»Vielleicht können Sie sagen, dass Manfred die Natur sehr geliebt hat. Wir waren im Urlaub immer gerne im Allgäu oder in den Alpen zum Wandern«, erzählte Marlies Engel. Abrupt stand sie auf, ging zum Einbauschrank und kam mit einem in rotem Leder eingebundenen Album zurück.

»Sehen Sie sich das gerne an«, lächelte sie mühsam und drückte Pius das Buch in die Hand. Der Pater blätterte darin: Engel an ein Gipfelkreuz gelehnt, Engel in kurzen Hosen im Bergbach stehend, Engel bei der Jause vor einer Berghütte. Hunderte Bilder klebten in dem Album – und jedes zeigte den Verstorbenen.

»Wenn Sie jetzt wissen wollen, warum da nur mein Mann drauf ist – die Fotos, die mich zeigen, sind in einem anderen Album. Das war Manfreds Vorschlag.« Marlies Engel zuckte mit den Schultern.

Pius hob fragend den Blick, verkniff sich aber jeglichen Kommentar. Er selbst besaß nur ein gutes Dutzend Fotografien, die er in einem braunen Umschlag lagerte. Die erste Profess, ein Ausflug nach Rom, der Dreifaltigkeitsberg an Weihnachten. Auf einem Foto waren die Eltern zu sehen, der Vater im Anzug und die Mutter mit frisch gestärkter Bluse. Es war die Taufe von Pius' Nichte, dem ersten Enkelkind, dem noch sieben weitere folgen sollten. In den Augen der Mutter meinte Pius beim Betrachten des Bildes jedes Mal einen stummen Vorwurf zu sehen, warum er nicht Maria geheiratet hatte. Andererseits war man stolz auf den ersten Priester in der Familie.

Pius konzentrierte sich auf die Urlaubsfotos der Engels. Nach der Bilderschau sprach der Pater den genauen Ablauf der Trauerfeier an. Jens-Uwe Engel, der Cousin des Verstorbenen, würde ein paar Worte sagen. Ein Vertreter des Gemeinderates, aller Wahrscheinlichkeit nach Arthur Hafen, stand auf der Rednerliste. Die Wahl der Gebete und Lieder überließ Marlies Engel dem Pater.

Zwei Stunden und drei Tassen Kaffee später entließ die Witwe ihn schließlich in den späten Vormittag – nicht ohne den Hinweis, er möge früher, als sonst bei Beerdigungen üblich, beim Friedhof sein. »Die Sicherheitsvorkehrungen, Sie wissen schon«, erklärte Marlies Engel im Hinblick auf den Auftritt des in der Wirtschaftskrise in die Kritik geratenen Großbankers.

Hier ist Radio Donauwelle, euer Sender für den Kreis Tuttlingen! Am Mikrofon ist eure Mittagsfrau Katja. Richtig, Leute, ich bin heute früher dran, denn unser Morgenmann Steven ist mit Nachteule Regina unterwegs nach Spaichingen. Dort werden sie bei der Pressekonferenz live die aktuellsten Fakten zum mysteriösen Tod des Bürgermeisters Engel erfahren und euch blitzschnell berichten.

Vor wenigen Wochen habe ich Manfred Engel noch selbst getroffen, bei den Kliniktagen der Aesculap-Akademie. Damals sprach er mit mir über den geplanten Ausbau des Freibades. Dessen Einweihung wird er nun nicht mehr erleben …

Etwas erleben könnt ihr heute bei unserem Werbepartner Optik Suttner. Jeder Kunde erhält zusätzlich zur Rabattaktion ein Brillenetui und ein Glas Sekt. Prösterchen sagt in diesem Sinne Otis Redding mit ›Champagne and Wine‹. Bis nach den Nachrichten, eure Katja!

Als Pater Pius keine Viertelstunde später sein Auto in der Garage des Klosters parkte – im Radio spekulierte die schnell sprechende Moderatorin über den Todesfall des Spaichinger Schultes und pries gleich darauf verbilligte Brillengestelle an –, blieb ihm eben noch genug Zeit, um sich auf der Besuchertoilette die Hände zu waschen und ins Refektorium zu hasten. Die Brüder waren bereits zu Tisch gegangen und Pius schlüpfte just in dem Moment an seinen Platz, als Bruder Johannes den Wagen mit den dampfenden Schüsseln aus der Küche schob. Johannes nickte ihm mit einem winzigen Lächeln zu – und aus den Schüsseln stieg der würzige Duft von sauren Linsen mit Spätzle. Pius lief das Wasser im Mund zusammen, als er an seine Leibspeise und die knackigen Wienerle im Linseneintopf dachte. Doch gleichzeitig legte sich ein schaler Geschmack über den verführerischen Duft des Essens – der Kontoauszug, so schien es Pater Pius, hatte in seiner Tasche Feuer gefangen, zu leuchten begonnen. Vorsichtig sah er sich um, doch keiner der Brüder starrte ihn an. Ohnehin waren längst nicht alle Plätze im Refektorium belegt. Bruder Ortwin hatte sich am Morgen Vesperbrote geschmiert, die er im Lehrerzimmer des Gymnasiums essen würde. Und Bruder Sunil, gegen die den Manilesen plagende Kälte eingemummelt in zwei dicke Fleecepullover unter der schweren Kutte, hatte heute Besuchsdienst im Altenheim St. Josef, wo er auch zu Mittag essen würde.

Als Johannes alle Schüsseln auf dem Tisch verteilt hatte, standen die Brüder auf und senkten die Köpfe über den gefalteten Händen. Wie jeden Tag, wenn er an den gemeinsamen Mahlzeiten teilnahm, sprach Pius das Tischgebet.

»Großer Herr, wir danken Dir für Deine Gaben«, begann er. Automatisch sprudelten die Worte über seine Lippen – doch Pius' Gedanken waren nicht so innig bei Gott wie an anderen Tagen.

»Amen«, klang es schließlich aus allen Kehlen gleichzeitig. Stühlerücken, Geschirrklappern, Essensdampf – beim ersten Bissen in die nicht zu weich und nicht zu fest gekochten Spätzle vergaß Pius den Kontoauszug. Pater Wolfgang schöpfte als Einziger nicht aus den Schüsseln, sondern stand auf und trat an das kleine Pult, das in der Ecke neben einer mit Intarsien verzierten Anrichte stand. Der Pater räusperte sich und blätterte mit angefeuchtetem Finger in dem Buch, das vor ihm lag:

»Während seiner Novizenzeit hatte er mit Freunden auch über sein Verhältnis zu Frauen gesprochen. Sie rieten ihm: ›Vergiss sie, schließlich willst du Priester werden.‹

Aber er hatte die Frauen nie vergessen. Und jene, mit denen man nachts gerne zusammen war, erst recht nicht. Sein Liebesleben hielt er streng geheim.«

Pater Wolfgang räusperte sich. Eine leichte Röte überzog seine Wangen, doch als er verstohlen den Blick über die Brüder schweifen ließ und bemerkte, dass keiner ihn vorwurfsvoll ansah, las er weiter aus dem Kriminalroman ›Puppenmann‹ von Monika Detering. Schließlich konnte er nicht einfach eine Textstelle auslassen – seit Tagen war dieser Krimi aus einem Meßkircher Verlag nun schon die Mittagslektüre im Refektorium und alle wollten allmählich wissen, wer für das Verschwinden der alten Frau verantwortlich war. Ja, selbst Pater Pius, der sonst für die Ermittler aus den Romanen nur ein müdes Lächeln übrig hatte, war gespannt darauf, wie dieser Kommissar Weinbrenner den Fall lösen würde. Pater Wolfgang atmete tief ein und las weiter vor:

»Da war ›sein Mädchen‹, da war dieses Lächeln, dieser Blick, diese lockende Schüchternheit. Er hatte sich für Gott entschieden. Die Kirche mit ihrer Autorität und Tradition besaß für ihn die Macht, zu entscheiden, was gut und was schlecht war. Er sah seine besondere Zuneigung zu Frauen als ein selbst verursachtes Leiden an, er kämpfte vergebens gegen den Zölibat. Er wusste, er hatte versagt. Immer wieder.«

Klirrend knallte Pius' Löffel auf den Boden. Linsen spritzten ihm gegen die Hose und ein Spätzle flog an die Wand, wo es wie ein platter Wurm hängen blieb.

In Pius' Kuttentasche schien das Feuer wieder aufzuflammen. Hatte nicht auch er versagt, als er nach dem Kontoauszug gegriffen hatte? Was hatte ihn dazu getrieben? Die Gedanken hallten in seinem Kopf wider und Pius nahm kaum wahr, wie Johannes ihm einen frischen Löffel reichte. Lustlos stocherte der Pater in seinem Eintopf herum und die Soße, die er sonst mit Wonne auf der Zunge zergehen ließ, schmeckte ihm heute fad und klebrig. Das Ende der gemeinsamen Mahlzeit rauschte an ihm vorbei. Selbst die Bayerische Creme, die Johannes fast so gut gelang wie seinerzeit Pius' Mutter – kochen konnte sie, immerhin – schien heute aus Pappe zu sein. Irgendwann fand er sich in seiner Zelle wieder.

Pius trat ans Fenster und ließ den Blick schweifen. Auf der Besucherterrasse drei Stockwerke unter ihm stand ein Großvater mit seinem Enkelkind und nestelte 50 Cent aus dem Geldbeutel. Der kleine Junge, wohl keine fünf Jahre alt, hüpfte aufgeregt von einem Bein auf das andere und wartete ungeduldig darauf, dass der Opa das Fernrohr, mit welchem man bis in die Spaichinger Gärten blicken konnte, in Gang brachte. Die Unschuld des Kindes rührte den Pater und fast meinte er, das muntere Glucksen des Knaben durch das geschlossene Fenster zu hören. Mit einem tiefen Seufzer wandte Pius sich um und blickte auf das Kruzifix an der Wand.

»Was hab ich wieder gemacht?«, flüsterte er. Der hölzerne Heiland schien ihn mit vorwurfsvollen Blicken zu durchbohren. Pius wischte sich über die Augen. Nein, sein Herr sah wie immer mit einem milden Lächeln auf ihn herab.

»Ich bin ein Schaf, verzeih mir«, murmelte Pius und nestelte den Kontoauszug aus der Tasche. Schwerfällig ließ er sich auf den Stuhl fallen und glättete auf dem einfachen Tisch das zerknitterte Papier mit den Händen. 57.000 Euro. Auf das Konto von Bürgermeister Engel. Verwendungszweck: bekannt.

Minutenlang starrte der Pater auf das Papier. Die Zahlen begannen vor seinen Augen zu tanzen und mit einem Mal war er sich sicher, dass dieses Geld womöglich etwas mit Engels Fall vom Turm zu tun hatte. Er müsste den Kontoauszug an Verena übergeben. Müsste. Doch die Scham über seinen Diebstahl fraß sich wie eine schwefelige Flamme in sein Herz. Nein – er könnte der Kommissarin nicht gestehen, dass er, ausgerechnet er, ein Mann Gottes, sich hatte hinreißen lassen. Pius stützte den Kopf in die Hände. Schloss die Augen. Folgte im Geiste dem Flimmern in seinem Kopf, den weißen Blitzen, die hinter seinen geschlossenen Lidern zuckten.

Mit einem Mal wurde Pius heiß. Und dann kalt. Gänsehaut kroch seinen Rücken hinauf und ließ ihn schaudern. Die Blitze in seinem Kopf formten sich zu einer mächtigen Kuppel – viel größer als jene, die die Kirche auf dem Spaichinger Dreifaltigkeitsberg zierte. Doch mit denselben Ornamenten und Mustern aus bunten Bildern – die hier auf dem Berg mit weißer Seide abgehängt waren – und goldenen Mustern.

»Der Petersdom!«, rief Pius und setzte sich mit einem Ruck auf. Natürlich! Rom würde helfen – nicht umsonst hatten die Architekten des Spaichinger Gotteshauses die mächtige Kuppel des Petersdoms im Maßstab 1:10 kopiert. Auch nach 300 Jahren war die Kirche auf dem Berg noch voller geheimer Botschaften.

Mit zitternden Fingern riss er die Schublade unter der Tischplatte auf und fingerte das mit den Jahren speckig gewordene Büchlein mit dem schwarzen Ledereinband hervor. Unter ›M‹ wie ›Martinus‹ blieb sein Blick hängen. Pius nahm das schnurlose Telefon von der Ladestation und wählte ›00379‹ für den Vatikan und dann die in seinem Büchlein vor Jahren notierte Durchwahl.

Es knackte in der Leitung. Dann folgte ein leises Rauschen. Und dann das Tuten. Einmal, zweimal, siebenmal. Pius wollte eben auflegen, als er die vertraute Stimme des Freundes hörte.

»Pronto?«

»Martinus, ich grüße dich!«, rief Pius, dem es schon beim Hören der Stimme des ehemaligen Studienkollegen warm ums Herz wurde.

»Prego?«, rief der Angesprochene in die Leitung.

»Martinus, ich bin es, Pius aus Deutschland!«

Einen Moment herrschte Stille. Dann brach es aus dem Italiener heraus: »Pius, alte Freund, wie geht es dir? Nach so langen Jahren zu hören von dich, was für schönes Überraschung!«

Pius lächelte. Die holpernde Grammatik, das rollende ›R‹, all das erinnerte ihn an seine Studienjahre in Rom. An die Abende in den Straßencafés. An die hitzigen Diskussionen mit Martinus und den Kommilitonen. An die Wärme, den Rotwein und an die Gewissheit, nach Jahren des Suchens den richtigen Weg gefunden zu haben. Den Weg zu Gott.

»Martinus, wie geht es dir?«

»Bene, tutto va bene«, palaverte der Priester am anderen Ende. »Immer alles das Gleiche, Rom ist immer noch eine große Dorf und die Vatikan die Nabel von Welt.« Martinus lachte schallend.

»Der Nabel der Welt? Moment, mein Freund, der ist hier in Spaichingen«, konterte Pius und fachte damit eine neuerliche Lachsalve seines römischen Freundes an.

»Was ist Grund für deinen Anruf?«, fragte Martinus schließlich. »Du kommst nach Rom? Soll ich reservieren eine Kammer für dich?«

»Ach, Martinus, wie gerne würde ich in die Heilige Stadt reisen und unseren Benedikt sehen«, seufzte Pius. »Doch das geht im Augenblick nicht.«

»Du klingst betrübt«, stellte Bruder Martinus fest.

Pius schauderte – schon als Student war der gebürtige Römer mehr als feinfühlig gewesen und nie, kein einziges Mal, war es ihm gelungen, dem Freund eine Laune oder Grille zu verheimlichen.

»Martinus, ich habe ein Problem«, kam Pius denn auch sofort auf den Punkt. In kurzen Worten schilderte er dem Mann aus dem Vatikan die Geschehnisse der letzten Stunden. Dann und wann ließ Martinus ein Brummen hören, das Verständnis signalisieren sollte. Als Pius am Ende seiner Schilderung angekommen war, seufzte Martinus.

»Wie sagen Deutsche? Ist ein gefallener Engel.«

Pius konnte ein Grinsen nicht unterdrücken – Martinus

schaffte es in jeder Situation, seinen Humor zu bewahren, und sei der auch noch so schwarz. »Das könnte man so sagen«, antwortete er. »Doch das alles ist nicht das Problem. Weißt du, die Kommissarin, die ermittelt, ist ein ehemaliger Zögling von mir. Irgendwie fühle ich mich dem Fall verbunden, nicht nur, weil Herr Engel von unserem Turm gestürzt ist.«

Pius konnte sich vorstellen, wie Martinus an seinem mächtigen Schreibtisch saß, mit dem Kopf nickte, bis die glänzend schwarzen Haare auf der Stirne wippten, und den Blick nach draußen schweifen ließ. Doch mehr als Mauern würde der Pater nicht sehen, denn sein Büro in den Räumen der vatikanischen Bank ging auf den Hinterhof hinaus – was jeder andere bedauert hätte, doch Martinus, der um die Hitze der römischen Sommer nur allzu gut wusste, war dankbar für seinen schattigen Arbeitsplatz.

»Ich habe einen Kontoauszug vor mir liegen«, brachte Pius schließlich hervor.

»Ah, nun sich schließen Kreis, ich Banker, dort Kontoauszug. Was kann ich helfen?«

»Nun, es ist nur eine Kontonummer angegeben, von der aus Gelder auf das Konto des Verstorbenen transferiert wurden.«

»Und unser Pius nun wille wissen, wer der edle Spender war«, stellte Martinus fest.

Pius hörte das Klappern einer Computertastatur durch den Hörer.

»So, rufe ich Seite auf und du gibst Zahlen durch.«

»Also, Martinus, sieben, zwei, vier …«, las Pius vor. Zur

Sicherheit wiederholte Martinus die angegebene Nummer noch einmal.

»Un momento«, nuschelte Martinus.

Pius trommelte mit den Fingern auf den Kontoauszug. Kleine Schweißperlen traten ihm auf die Stirn. Für einen winzigen Moment dachte er daran, dass er dieses Telefonat niemals hätte führen sollen.

Martinus' Räuspern riss ihn aus seinen Gedanken. »Ist von Firma mit die Bank in Tuttlingen«, informierte der Römer. »Ist aber Firma aus Monaco. Heißt sich ›Megawinn‹.«

»Monaco? Megawinn?« Ungläubig wiederholte Pius das eben Gehörte.

»Soll buchstabieren?«

»Nein, Martinus, ich denke nur eben … Monaco … was fällt dir dazu ein?«

»Oh, Spielcasino, Filmstars und keine Steuern«, antwortete Martinus wie aus der Pistole geschossen. »Und Andréa, unsere Freund aus Konvent, dort wurde er geboren.«

Pius nickte und, als hätte er dies sehen können, sagte Martinus: »Ich habe geholfen?«

»Ja, Martinus, sehr«, antwortete Pius, obwohl er nun mehr Fragen als Antworten hatte. Engel und Monaco? Wie hing das zusammen?

»Und wann kommst du nach Rom? Jetzt schuldest du mir eine Gefallen«, scherzte Martinus. »Diese Auskunft muss wert sein große Karaffe Wein in Bar Pirandola.«

Pius lachte. »Du änderst dich nie, Martinus!«

»Aber warum ich sollte? Ist gute Wein, ist gute Bar und alle Wege führen nach Rom. Deine auch, Pius!«

Hier ist Radio Donauwelle, euer Sender für den Kreis Tuttlingen. Ich bin Regina und erwarte demnächst den Anruf von Steven, der euch live von der Pressekonferenz zum Tode von Manfred Engel berichten wird.

Das eben war Gianna Nannini mit ›Bello e impossibile‹. Gleich gibt's für euch noch einen Italosong: Eros Ramazotti ›Piu bella cosa‹. Als Erstes aber eine Suchmeldung von Frau Irmtraud Welke aus Tuttlingen. Ihr Pudel Sissi ist heute Morgen beim Spaziergang am Donauspitz ausgebüxt. Sissi hat weiße Locken und trägt ein rotes Lederhalsband. Frau Welke verspricht dem ehrlichen Finder eine Belohnung in Höhe von 50 Euro.

Sparen könnt ihr bei unserem Werbepartner, Gebrüder Karl, Optikfachgeschäft. Neben der Rabattaktion und einem kostenlosen Brillenetui für jeden Kunden bieten die Mitarbeiter heute eine kostenlose Brillenreinigung per Ultraschall an.

Der Zeiger auf der Wanduhr rückte unaufhaltsam vorwärts. Verena Hälble schob zwei Dutzend eng beschriebene Karteikarten auf dem Schreibtisch hin und her. Mit ihrer nach links abfallenden Handschrift hatte sie in aller Eile Stichworte zum Fall notiert. Erste Erkenntnisse. Fakten. Fragen. Viele Fragen.

Wie ein Puzzlespiel sollten sich die Notizen auf den Karteikarten später aneinanderfügen – auch wenn die Kollegen sie ein ums andere Mal wegen ihrer Methode belächelt hatten. Auf der Polizeischule lernte man das anders, doch Verena, die als Kind die Bücher von Astrid Lindgren verschlungen hatte, wusste, dass die schwedische Autorin so gearbeitet hatte. Mit Hunderten Karteikarten, aufgehängt auf einer Wäscheleine, hatte sie sich an den Geschichten entlanggehangelt. Auf die Wäscheleine verzichtete Verena, nachdem sie eines Morgens statt der Aufschriebe alte Socken an der Leine im Büro gefunden hatte.

»Mensch, die Zeit rennt uns weg, die Pressefuzzis warten schon«, stöhnte die Kommissarin. Sie mochte gar nicht daran denken, welcher Menschenauflauf sie in wenigen Minuten im Konferenzraum unter dem Dach des Fachwerkgebäudes, in welchem die Wache untergebracht war, erwarten würde. Aus dem Fenster hatte sie die Übertragungswagen von SWR und ARD gesehen, dazu an die 20 Kleinbusse und Transporter mit Kennzeichen aus der ganzen Republik, aus denen nach und nach mit Blöcken, Diktiergeräten und Mikrofonen bewaffnete Journalisten geklettert waren. Der gesamte Parkplatz vor der Wache war belegt.

»Na, die können warten, ohne uns fangen die nicht an«, meinte Thorben Fischer lakonisch. Doch das leichte Zittern in seiner Stimme verriet seine Nervosität.

»Also, noch mal von vorne.« Verena schob die Karteikarten zu einem Stapel zusammen und begann von Neuem, als würde sie eine Patience legen.

»Wir haben einen toten Bürgermeister«, sinnierte sie und legte die Karte mit Engels Namen in die Mitte.

»Eine Frage, die ich mir stelle: Wie kam Engel auf den Turm? Die Tür, sagt Pater Pius, ist den Wenigsten bekannt. Und schon gar nicht können Außenstehende wissen, wo der

Schlüssel ist.« Verena stützte den Kopf in die Hände, sodass ihre Haare wirr vom Kopf abstanden. Der Kajal unter ihren Augen war verlaufen und ihre Nase glänzte rötlich.

»Hm, ja, hm«, quittierte Thorben Fischer Verenas Ausführungen. Aus dem Augenwinkel heraus sah die Kommissarin, wie der Kollege aufstand und zum Handwaschbecken in der Zimmerecke ging. Fischer nestelte in seiner Anzugtasche herum und beförderte ein kleines Kästchen zutage. Ungläubig starrte Verena ihn an, als Fischer mit geübten Griffen begann, sich die Nase zu pudern. Sorgfältig tupfte er den Schwamm auf sein Riechorgan und auf die Stirn. Dann klappte er die Puderdose zu, steckte sie zurück in die Anzugtasche und beförderte eine kleine Phiole heraus.

Verena riss die Augen auf, als Thorben Fischer sich daran machte, die Wimpern zu tuschen. Offensichtlich zufrieden mit dem Ergebnis zwinkerte der Kommissar sich selbst im Spiegel zu, befeuchtete den Zeigefinger mit der Zunge und strich sich die Augenbrauen glatt. Rückte den Krawattenknoten gerade, zupfte das Einstecktuch in der Sakkotasche in Form und drehte sich zu Verena um.

»Können wir, Frau Kollegin?«, fragte er mit einem Blick auf die Uhr. »Die Pressekonferenz fängt gleich an.«

Verena stöhnte innerlich. Noch immer waren ihre Haare zerzaust. Mit einem Seitenblick in den Spiegel, die Akten unter dem Arm, hetzte sie hinter Fischer aus dem Zimmer. 45 Sekunden. Länger würde sie nicht bis in den Saal brauchen. Verena tippte auf 37. Und setzte als Wettgewinn eine Schokobanane aus. Oder sie würde auf ein süßes Teil vom Bäcker verzichten und statt dessen den Knackpopo von Thorben Fischer kneifen, denn das musste man ihm lassen, einen tollen Hintern hatte er. Verena schimpfte mit sich selbst und versuchte, sich die Haare hinter die Ohren zu klemmen. Doch ihre Frisur wollte nicht, wie sie wollte.

»Ich rede, klar?«, herrschte sie Fischer von hinten an.

Abrupt blieb der stehen. »Ja, aber …«, setzte er an.

»Ich leite die Ermittlungen. Und wenn Sie ein Dutzend Mal in der Maske waren und sich das Näschen gepudert haben!«

Fischer klappte den Mund auf und wieder zu. Verena stierte ihn aus zusammengekniffenen Augen an. Auf Thorbens Revers hatten sich winzige Puderteilchen breitgemacht. Verena verzichtete, ihn darauf aufmerksam zu machen. Stattdessen drängte sie sich an ihm vorbei und hastete die ausgetretenen Holzstufen nach oben.

Stimmengewirr empfing die beiden Kommissare bereits auf dem Gang. Die Tür zum Vortragsraum stand offen und als Verena Hälble, gefolgt von Thorben Fischer, den Saal betrat, stieb ihr stickige, feuchte Luft entgegen. Die Holzstühle waren bis auf den letzten Platz besetzt. Verena erkannte Mike Ritter, der sich in die erste Reihe gepflanzt hatte und mit wichtiger Miene auf seinem Stenoblock herumkritzelte. Vor dem Tisch, auf dem Schildchen mit ihrem und Fischers Namen standen, waren Mikrofone aufgebaut und ein Kameramann, das teure Filmgerät über die Schulter gewuchtet, gab dem Mädchen mit dem Puschelmikro letzte Anweisungen.

Fischer und Hälble drängten sich durch die Reihen und setzten sich. Kaum hatte Verenas Allerwertester die Sitzfläche des Stuhles berührt, herrschte mit einem Schlag absolute Stille.

»Guten Tag, meine Damen und Herren«, tönte Thorben Fischer und plusterte sich auf wie ein Kanarienvogel in der Balz. Verena stieß ihn unter dem Tisch mit ihren derben Wanderschuhen gegen das Schienbein. Fischers Gesicht verfärbte sich rosa, doch seine Miene verriet nichts. Verena, froh darum, dass der Tisch eine Verblendung bis zum Boden hatte, blickte in die Reihen.

»Das ist mein Assistent Thorben Fischer«, stellte Verena, das ›Assistent‹ deutlich betonend, vor. »Mein Name ist Verena Hälble und ich bin die Leitende Ermittlerin.«

Kugelschreiber fuhren über die Papierblöcke, der Kameramann kam einen Schritt näher, Mikrofone wurden Verena ins Gesicht gehalten. Einen Moment war sie wie geblendet von den vielen Blitzen und irritiert vom Klicken der Auslöser. Doch dann fasste sie sich und schlug die Akten auf.

»Was wir bislang wissen, meine Damen und Herren, ist Folgendes«, begann sie. Augenblicklich herrschte wieder Ruhe im Saal.

»Gestern in den frühen Morgenstunden stürzte Manfred Engel, Bürgermeister der Stadt Spaichingen, vom Turm der Kirche auf dem Dreifaltigkeitsberg. Herr Engel war laut Obduktionsergebnis sofort tot.«

»War das Selbstmord? Oder warum ermittelt die Kripo?« Ein Glatzkopf mit Schnauzbart, körperlich eher breit als lang, reckte provozierend das Doppelkinn. »So was wie bei dem Enke? Depressionen?«

»Die Kriminalpolizei ermittelt immer bei ungeklärten Todesursachen«, konterte Verena. »Und ich denke, es ist auch im journalistischen Interesse, wenn der Tod von Manfred Engel zur Gänze aufgeklärt wird.«

Der Glatzkopf leckte sich über die blassen Lippen. »Dann frage ich andersherum«, gab er zurück. »Hat dieser, sagen wir mal ›ungeklärte Tod‹ des Spaichinger Bürgermeisters irgendetwas mit seinem Cousin, dem Vorstandsvorsitzenden der Württemberger Kasse Jens-Uwe Engel zu tun? Mit der Krise der Bank?«

Verena wollte eben zu einer Antwort ansetzen, da schob Thorben Fischer ihr einen kleinen Zettel zu. ›Der Typ ist von der BILD-Zeitung‹ stand da in Fischers akkurater, wie in Times New Roman gedruckt scheinender Schrift. Hinter ›BILD-Zeitung‹ hatte Verenas Assistent drei Ausrufezeichen gemalt. Verena erinnerte sich an die miesen Schlagzeilen vor einigen Wochen, in denen das Blatt die Cousins Engel wie bei Sippenhaft in einen Topf geworfen, einmal umgerührt und eine deftige Gerüchtesuppe serviert hatte.

Ein Raunen ging durch die Reihen der Journalisten, als Verena Hälble nicht sofort antwortete.

»Nun?«, insistierte der runde Reporter mit einem feisten Grinsen.

»Mein lieber Herr …?«, begann Verena.

»Kleinschmidt«, antwortete der Dicke und richtete sich auf.

»Herr Kleinschmidt, selbstverständlich hat der Tod unseres Bürgermeisters etwas mit seinem Cousin zu tun«, sagte Verena. Kleinschmidts Grinsen wurde zu einer gierigen Fratze. Blitzlichtgewitter flammte auf. Die Journalisten spitzten die Ohren. Thorben Fischer sog hörbar die Luft ein und war drauf und dran, seiner Vorgesetzten nun seinerseits einen Tritt gegen das Schienbein zu geben.

»Wissen Sie, Herr Kleinschmidt, wenn Ihr Cousin stürbe – hätte das dann nichts mit Ihnen zu tun?«

Kleinschmidt sackte in sich zusammen. Die Kollegen der schreibenden Zunft grinsten hämisch. Vereinzelt war Kichern zu hören. Fischer konnte nicht umhin, Verena einen Respekt zollenden Blick zuzuwerfen.

»Zurück zu den Fakten«, meldete sich Mike Ritter zu Wort. Ihm fehlten noch etliche Zeilen, um die Sonderseite für den nächsten Tag zu füllen. Schließlich sollten die Leser des ›Bergboten‹ nicht schlechter informiert sein als der Rest des Landes.

»Was können Sie über die Obduktionsergebnisse sagen?«

»Herr Ritter, da muss ich Sie ein wenig enttäuschen. Wir haben es hier mit einem schwebenden Verfahren zu tun und im Augenblick lautet meine Antwort auf diese Frage ›Kein Kommentar‹, wenn Sie verstehen«, antwortete Verena, die nun ihre Sicherheit zurückgewonnen hatte. Lässig strich sie sich die Locken aus der Stirn und blickte ernst, aber offen, in die Kamera des SWR-Filmteams.

Die nächsten Minuten verflogen schnell. Auf einer großen Schautafel, angefertigt von Fischer höchstselbst, erläuterte Verena für die ortsunkundigen Journalisten die Gegebenheiten auf dem Berg. Gleichzeitig bat sie um Verständnis dafür, dass der Zugang zur Kirche und zum Kloster bis auf Weiteres gesperrt war. Zum einen hatte das handfeste Gründe, sollten doch keine Spuren verwischt werden – zum anderen wollte sie die Patres, denen ohnehin der Tod des Bürgermeisters zu schaffen machte, nicht noch durch Horden von Kamerateams in ihrer klösterlichen Ruhe gestört wissen.

Nach etwas über einer halben Stunde gab es keine Fragen mehr. Verena beendete die Pressekonferenz mit einem Kopfnicken. Die Journalisten knipsten letzte Bilder, der Kameramann schaltete den Scheinwerfer aus. Gefolgt von Thorben Fischer verließ Verena den Saal, ohne auf weitere Zurufe der Redakteure zu reagieren.

An der Treppe angekommen bemerkte sie, dass Fischer nicht mehr hinter ihr war. Genervt drehte sie sich um – und sah ihn vertieft ins Gespräch mit Anja Sonnlein. Die Reporterin des SWR-Fernsehens, sonst für die Berichterstattung der Fasnetsveranstaltungen zuständig, schüttelte die blonden Locken und plinkerte dem Kommissar mit ihren hellblauen Augen zu. Verena konnte förmlich spüren, wie Fischers Hormone in Wallung gerieten.

»Wenn die Frau Sonnlein Fragen hat, dann kümmere dich um sie«, rief Verena einer plötzlichen Eingebung folgend. Fischer strahlte sie an und nickte. Verena hastete die Treppe hinunter – sie hätte nicht gedacht, den Kollegen an diesem Tag auf so elegante Art und Weise loszuwerden. Denn das, was sie als Nächstes vorhatte, würde sie besser und schneller ohne Thorben Fischer im Schlepptau erledigen. Auch wenn es sie irgendwie wurmte, dass ihr Assistent diese Fernsehtante so angeschmachtet hatte.

Hier ist Radio Donauwelle, euer Sender aus Tuttlingen, immer Neues für den ganzen Landkreis. Wir sind gleich mit Steven verbunden, der aktuell von der Pressekonferenz aus Spaichingen berichtet.

Zuvor aber eine gute Nachricht: Sissi ist wieder zu Hause. Unsere Hörerin Frau Welke hat sich im Studio gemeldet – die Pudeldame hatte einen Ausflug in die Fußgängerzone gemacht. Am Rathausbrunnen wurde sie von einem freundlichen Passanten entdeckt.

Und jetzt schalte ich live zu Steven in Spaichingen. Hallo, Steven, kannst du mich hören?

Verena Hälble öffnete schwungvoll die Tür zum Büro im ersten Stock des Polizeireviers. Mit der rechten Hand warf sie die Pressemappe auf ihren Tisch, mit der linken angelte sie ihre Daunenjacke vom Garderobenständer, der offensichtlich noch aus den Zeiten des Wirtschaftswunders stammte, wie auch der braune Schreibtisch, an dem ihr Blick haften blieb. Statt in die Jacke zu schlüpfen, hastete die junge Frau zum Schreibtisch. Neben der schief gelandeten Mappe lag ein knallroter Umschlag.

›Kommissarin Hälble – persönlich – vertraulich – nur selbst zu öffnen!‹, stand dort in beinahe kindlicher Schreibschrift, zweimal unterstrichen und mit einem großen Kringel um alle Buchstaben. Verena zog ein paar Einmalhandschuhe aus der Box in der obersten Schublade, langte nach dem Umschlag, ließ sich in den Bürostuhl – dem Muster des abgeschossenen Bezuges nach zu urteilen ein Modell aus den späten 1980er-Jahren – und drehte den Brief hin und her. Sie schnupperte daran – leicht modrig –, hielt ihn gegen das Fenster – nicht durchscheinend.

Vorsichtig fuhr sie mit dem Brieföffner unter die Klappe. Mit einem leisen Ratschen gab das Papier nach. Verena öffnete den Umschlag und zog ein Stück Papier heraus.

»Ein Kontoauszug!«, rief die Kommissarin. Neugierig beugte sie sich über das zerknitterte und zerknautschte Stück Papier. Kontoinhaber Manfred Engel, Verwendungszweck bekannt, Überweisungssumme 57.000 Euro. Verena pfiff durch die Zähne.

»Wow! Das sollte mir mal einer überweisen«, bemerkte sie. Dann ging sie zum Kopierer, zog ein Duplikat von Umschlag und Kontoauszug, legte die beiden Originale in eine Schutzhülle und streifte die Handschuhe ab. Die Kopien stopfte Verena in die Innentasche ihrer Daunenjacke, die Originale nahm sie mit.

Unten an der Pforte saß Wachtmeister Weckerle und kaute auf einem Bleistift.

»Sieben, vier, drei …«, murmelte er.

»Na, klappt das Sudoku?«

Weckerle zuckte zusammen, als er Verena sah.

»Ich … also … wenn keiner anruft … die Journalisten sind ja alle weg …«, stammelte der Rater.

»Schon gut, ist doch kein Problem, Weckerle«, beruhigte ihn Verena und klopfte dem Mann jovial auf die Schulter. »Ich bewundere jeden, der ein Sudoku lösen kann, für mich ist das nichts.«

Dankbar lächelte Weckerle sie an.

»Ach, schicken Sie das bitte zur SpuSi ins Labor«, bat Verena und reichte dem Wachtmeister die Schutzhülle mit Brief und Kontoauszug. »Die sollen mal schauen, ob da irgendwas Brauchbares zu finden ist, ein Fingerabdruck, irgendwas.«

»Sofort, Frau Hälble, auf der Stelle«, antwortete Weckerle und sprang auf. »Die Sachen sind so gut wie schon dort.«

»Danke. Ich bin dann mal außer Haus. Wenn was ist, ich bin über mein Handy zu erreichen«, lachte Verena und zog schwungvoll den Reißverschluss der Daunenjacke zu.

»Jawohl, Frau Hälble, jawohl«, rief Weckerle. Verena hätte sich nicht gewundert, wenn der Wachtmeister salutiert und die Hacken zusammengeknallt hätte. Grinsend verließ sie das Revier und wandte sich nach links. Der Hauptstraße folgend stemmte sie sich gegen den Nieselregen, passierte das alte Rathaus, in dem mittlerweile Ärzte und eine Apotheke logierten, holte sich beim Bäcker die bei sich selbst gewonnene Schokobanane – vielleicht doch besser als ein Pokniff bei Thorben –, die sie unterwegs verzehrte, überquerte den Marktplatz und wunderte sich zum wiederholten Male über den haushohen schiefen Stuhl, den der Rottweiler Künstler Jürgen Knubben aus Metall geschweißt und mitten auf dem Platz installiert hatte. Sie erklomm die Betontreppe, die zum Haupteingang des Rathauses führte.

Im Vorraum, auf einem der vier schwarzen Ledercouches, hockten ein türkisches Ehepaar, eine Mutter nebst plärrendem Säugling, ein Mann mit Stock und Hut und ein junges Pärchen, das sich krampfhaft an den Händen hielt. Sie alle warteten offensichtlich darauf, ins Bürgerbüro gerufen zu werden, wegen eines neuen Ausweises, eines verloren gegangenen Handys oder der Anmeldung einer Trauung. Verena nickte den Leuten kurz zu und wandte sich nach links. Hinter der mit geriffeltem Glas versehenen Tür führte ein schmaler Gang an drei weiteren Türen vorbei. Am Ende des Ganges, nach rechts versetzt, hatte Marianne Klaiber hinter einer Milchglasscheibe ihr Reich, bestehend aus Schreibtisch, Telefon und Kaffeemaschine nebst Aktenschränken. Verena pochte gegen die Fensterscheibe und kam gleich darauf zur Tür herein. »Guten Morgen, Frau Klaiber.«

»Ach, hallo, Frau Hälble.« Die Sekretärin des Bürgermeisters blickte von einem Stapel Briefen auf und sah Verena aus rot geränderten, verquollenen Augen an.

»Was soll ich nur mit der ganzen Post machen? Das ist alles für Herrn Engel«, flüsterte Marianne Klaiber. »Ich kann doch nicht alles dem Hafen geben.«

»Frau Klaiber, Sie finden bestimmt eine Lösung«, sagte Verena aufmunternd.

»Ja, sicher …«, antwortete die Sekretärin, ohne selbst davon überzeugt zu sein. »Irgendwie muss es ja weitergehen.« Tränen schossen ihr in die Augen. »Entschuldigung«, nuschelte sie und schnäuzte sich geräuschvoll in ein mit lila Stickereien verziertes Taschentuch. »Was kann ich für Sie tun, Frau Hälble?«

»Ich würde gerne mal ins Archiv gehen, mich interessieren die Protokolle der letzten Gemeinderatssitzungen.«

»Wenn's der Aufklärung dient«, seufzte Frau Klaiber und erhob sich schwerfällig. »Da muss ich Sie aber zu Frau Fischer bringen. Sie schreibt die Protokolle und kennt sich aus.«

»Ach, ich dachte, Frau Fischer sei die Standesbeamtin?«

»Das auch, Frau Hälble, aber so oft wird in Spaichingen nicht geheiratet, dass die Frau Fischer damit ausgelastet wäre«, meinte die Sekretärin und ging an Verena vorbei auf den Flur. An der letzten Tür vor der Glaspforte, die die Verwaltung vom Bürgerbüro trennte, blieb sie stehen. »Da wären wir.«

Ohne anzuklopfen, stieß Marianne Klaiber die Tür auf und bat Verena mit einem »Bitte schön« hinein, ehe sie sich mit wehendem Rock und hängenden Schultern auf den Rückweg zu ihrem eigenen Schreibtisch machte.

»Grüß Gott, Frau Fischer«, sagte Verena und ging auf die braun gelockte Frau zu, die hinter einem imposanten Schreibtisch vor einem aufgeklappten Laptop saß.

»Hallo!«, rief Sabine Fischer und warf Verena über den Schreibtisch hinweg ein so strahlendes Lächeln zu, dass diese gute Laune bekam. »Was kann ich für Sie tun?«

»Verena Hälble, von der Kripo«, stellte sich Verena vor und streckte der Standesbeamtin die Hand entgegen.

Diese schlug mit einem kräftigen Händedruck ein. »Im Fernsehen würden Sie mir jetzt den Ausweis unter die Nase halten«, lachte Frau Fischer.

Verena grinste. »Im Fernsehen wären Sie dann aber auch eine Verdächtige, sonst würde das alles niemals in 90 Minuten passen.«

Die Standesbeamtin grinste zurück und ließ eine Reihe blendend weißer, perfekter Zähne sehen.

»Es geht um den Tod von Herrn Engel«, meinte Verena.

Sabine Fischer wurde augenblicklich ernst. »Unglaublich. Ich verstehe das nicht.«

»Ich auch noch nicht, Frau Fischer. Aber vielleicht kann es helfen, wenn ich die Protokolle der vergangenen Gemeinderatssitzungen einsehe. Frau Klaiber sagte mir, Sie seien die Protokollantin?«

Die Standesbeamtin nickte. »Ja, wenn ich nicht grade die Spaichinger unter die Haube bringe, dann sitz ich montags immer in den Sitzungen.«

»Wie war denn so die Stimmung im Rat in letzter Zeit?«

»Sie meinen, ob jemand aus dem Gremium …? Aber nein.« Sabine Fischer schüttelte vehement den Kopf, sodass die braunen Locken flogen.

»Das sind zwar Hitzköpfe und die schreien sich auch mal an, aber nein, beim besten Willen nicht!«

»Gab es denn Streitigkeiten?«

»Aber natürlich, quer durch alle Fraktionen.«

»Ich meine, irgendetwas Besonderes?«

»Hm, lassen Sie mich überlegen. Doch, da gab es etwas, da hat sogar der Engel mal gebrüllt, Verzeihung, der Herr Bürgermeister«, entschuldigte sich Frau Fischer und sprang auf. »Am besten lesen Sie das selbst nach«, schlug sie vor und ging zum Aktenschrank, stieg auf einen Rollhocker und zog nach kurzem Überlegen einen roten Ordner aus dem obersten Fach.

»Hier müsste der Vorgang zu finden sein.« Mit einem strahlenden Lächeln drückte sie Verena den Ordner in die Hand.

»Gibt es einen Platz, wo ich das in Ruhe durchsehen kann?«

»Ja, ich kann Ihnen das Trauzimmer anbieten, da heiratet grade niemand.« Sabine Fischer ließ ein herzhaftes Lachen hören, griff nach dem Schlüsselbund neben dem Laptop und bat Verena, ihr zu folgen.

Zu den Wartenden im Vorraum hatten sich mittlerweile zwei weitere Mütter nebst Kleinkindern gesellt. Eines hing heulend auf dem Schoß seiner Mama, das andere warf mit großer Begeisterung die in einem Ständer präsentierten Formulare auf den Boden. Verena folgte Sabine Fischer durch die Eingangstür und über die Betonbrücke, die zur anderen Seite des Gebäudekomplexes führte.

»Wissen Sie, was ich manchmal denke?«, entfuhr es der Kommissarin beim Blick auf die grauen Gebäude. »Ich denke, der Architekt dieses Betonklotzes sollte posthum geteert und gefedert werden.«

Sabine Fischer kicherte leise und steckte den Schlüssel in die Tür, die genau gegenüber dem Eingang lag. »Na, immerhin können wir im Inneren einiges tun.«

Und wirklich – das Trauzimmer hatte nichts mit der Betonwüste draußen, die dank Sanierungsmaßnahmen in den vergangenen Monaten freundlicher wirkte, zu tun. Ein immens großer Glastisch, dekoriert mit frischen Blumengestecken, dominierte den Raum. Verena spürte einen wohligen Schauder, als sie an all die verliebten Paare dachte, die auf den schwarzen Lederstühlen Platz nahmen, um den Bund fürs Leben einzugehen.

»Ich denke, hier haben Sie Ruhe«, unterbrach die Standesbeamtin den melancholischen Gedanken. »Und wenn Sie einen Kaffee mögen, im Vorraum ist eine Maschine.«

Verena legte vorsichtig den Ordner auf die blank geputzte Glasplatte. Unschlüssig sah sie sich um.

»Setzen Sie sich ruhig auf meinen Platz«, lud Sabine Fischer sie ein. »Und falls jemand kommt und heiraten will, dann rufen Sie mich.«

»Oder Sie bringen mir einen Mann, ich wär' ja schon vor Ort«, scherzte Verena zurück.

Wenige Minuten später hatte die Kommissarin allerdings vergessen, an welch romantischem Platz sie sich befand. Den Kopf tief über die Aktenseiten gebeugt, folgte sie den Aufzeichnungen der Gemeinderatssitzungen der vergangenen Monate. Da ging es um Zuschüsse für die seit Jahrzehnten geforderte Ortsumgehung, um die Auswahl der Straßenlaternen für das Neubaugebiet, um die Höhe der Miete für Veranstaltungen in der Stadthalle und um den kommenden Weihnachtsmarkt, der in diesem Jahr mit Kilometern von Lichtschläuchen aufgepeppt werden sollte. Jene Seiten, die sich mit den Stadtfinanzen beschäftigten, verstand Verena nur zur Hälfte. Ihr Kopf begann zu pochen ob all der Zahlen und Auflistungen und sie erinnerte sich an die

Kaffeemaschine im Vorraum. Doch just in dem Moment, als sie aufstehen wollte, fiel ihr Blick auf eine Passage, die von Sabine Fischer mehrfach handschriftlich korrigiert worden war.

Verena beugte sich noch tiefer über die Akten und riss dann erstaunt die Augen auf: In einer nicht öffentlichen Gemeinderatssitzung vor ziemlich genau sechs Wochen hatte Arthur Hafen sich lautstark zu Wort gemeldet. Bereits Monate zuvor hatte er beim Bauamt, laut Sitzungsprotokoll, den Antrag gestellt, das Gebäude zur Rechten seines Schuhgeschäftes von der Stadt, die im Grundbuch als Besitzer eingetragen war, zu erwerben. Da es sich um ein altes, weder gedämmtes noch sonst renoviertes Haus handelte, in welchem bis vor zwei Jahren eine schrullige Alte gewohnt hatte, schätzte Hafen den Wert des Gebäudes auf null, den des Grundstückes aber auf etwa 45.000 Euro.

Hafen legte in der Sitzung detailliert dar, welche Wand er durchbrechen, und welche Fenster er durch große Glasflächen ersetzen wollte. Verena blätterte weiter und fand eine Skizze, die das Schuhgeschäft in künftigem Glanze zeigte – kein Vergleich mit dem dunklen, miefigen Laden, in dem Hafen bislang Pumps und Turnschuhe, Stiefel und Lammfellpuschen feilbot.

Sabine Fischer hatte auch jene Aussagen des Schuhhändlers ins Protokoll aufgenommen, in denen er auf die momentane finanzielle Situation seines Ladens – ›Mir müssed umbaua, sonschd kommed gar koine Kunden mehr!‹ – und die drohende Schließung einging – ›Ond dann habet mir nommal a paar Arbeitslose mehr!‹

Die Zustimmung des Gremiums zum Verkauf schien reine Formsache zu sein – doch als bereits die ersten Hände der Räte nach oben schnellten, war Bürgermeister Manfred Engel aufgesprungen.

›Halt, nein, nicht!‹, hatte er laut Protokoll gerufen. Selbst wenn die Protokollantin nichts über Hafens Gesichtsausdruck geschrieben hatte, Verena konnte sich den zornesroten Schuhhändler bildlich vorstellen. Und auch den – ebenfalls nicht notierten – Tumult, als Engel seinem Stellvertreter mitgeteilt hatte, dass das Gebäude längst verkauft worden sei. Und zwar an ihn, Manfred Engel.

›Dann verkaufsch des mir halt zrück!‹, stand im Protokoll die Aufforderung Hafens.

›Des kann ich net‹, hatte daraufhin der Schultes erwidert. ›ich hab's scho wieder weiterverkauft.‹

An dieser Stelle waren einige Sätze mit schwarzem Filzstift unkenntlich gemacht. Verena blätterte weiter, doch Näheres zum Hauskauf konnte sie in der kompletten Akte nicht entdecken.

Mit einem Taschentuch, das sie aus ihrer Jacke fummelte, markierte sie die Seiten, bat Sabine Fischer um Kopien und machte sich dann auf den Weg zurück ins Präsidium. Schräg gegenüber vom Marktplatz fiel ihr Blick auf ein marodes altes Haus, dessen Putz abblätterte – und daneben auf den Schuhladen von Arthur Hafen, dessen Schaufenster nur zur Hälfte beleuchtet war. Die Leuchtreklame über dem Eingang hing schief und schien ein Sinnbild für die Situation des Schuhladens zu sein.

»57.000 Euro«, murmelte die Kommissarin und dachte

an den Kontoauszug. Das konnte eigentlich nur das Geld aus dem Verkauf des Hauses sein. Verena nahm sich vor, Thorben Fischer nachforschen zu lassen, sobald dieser von seiner privaten Stadtführung mit der Fernsehmoderatorin zurückgekehrt war.

»57.000 Euro, die Hafen die Existenz hätten retten können«, sinnierte Verena laut. »Menschen sind schon für weniger Geld umgebracht worden …«

Das war Paul McCartney mit seiner ›Lady Madonna‹. Ihr hört Radio Donauwelle, Euren Sender für den Kreis Tuttlingen. Nach den Nachrichten berichten wir in der kommenden Stunde nochmal ausführlich vom Tode Manfred Engels. Wir schalten dazu live zum Spaichinger Marktplatz, wo Kollege Steven mit Bürgern der Primstadt sprechen wird.

Unser Werbepartner Drogerie Maier lädt die Hörer der Donauwelle zu den Dufttagen in die Parfümerie ein. Heute könnt ihr euch Duftwässerchen zum Schnäppchenpreis sichern.

Die Gemeindeverwaltung Dürbheim teilt mit, dass ab sofort auch Auswärtige sich für einen Bauplatz im Neubaugebiet bewerben können. Und aus dem Balgheimer Rathaus erreicht uns die Nachricht, dass in der Nacht bislang unbekannte Täter das Klangspiel am Barfußpark beschädigt haben. Wer sachdienliche Hinweise machen kann, der sollte sich beim Bürgermeister oder der nächsten Polizeidienststelle melden.

An einem trüben Tag den 40. Geburtstag feiern ist nicht

gerade prickelnd. Es sei denn, man heißt Erika Draumo und wird von seinen Freundinnen vom Mittwochstreff gegrüßt. Und zwar mit ›You are my sunshine‹ von Johnny Cash.

Pius knispelte, völlig versunken in seine Tätigkeit, mit dem rechten Daumennagel die klebrigen Überreste des Preisschildes ab, die seit Wochen die Rückseite der kleinen Bibel verunstalteten. Der schwarz gewordene Kleister formte sich unter seinen Händen zu kleinen Röllchen. Pius seufzte leise und sah verstohlen auf die Uhr. Eine knappe halbe Stunde noch, dann wäre sein Dienst im Beichtstuhl für heute beendet. Ohnehin hatten nur drei Damen und ein Mann den Weg auf den Berg gefunden. Und sie alle hatten kaum gesprochen, sondern sich alles aus der Nase ziehen lassen.

Der Pater konnte es den Menschen nicht verdenken, dass sie bei diesem Wetter lieber unten im Tal und zu Hause in ihren gemütlichen Stuben blieben, anstatt auf den Berg zu fahren, um ihr Gewissen zu erleichtern. Außerdem hatte die Polizei dafür gesorgt, dass kaum jemand hier heraufkam. Um ins Kloster zu gelangen, musste man entweder Priester sein oder die Kirche als Beichtender besuchen wollen. Recht war Pius diese Ruhe – immerhin wartete Stephen King auf ihn.

Just in dem Moment, als Pius an eine dampfende Tasse Kaffee dachte, dazu leckere Butterkekse, knarrte die Kirchentür. Pius horchte auf und legte die Bibel beiseite. Die schwere Holztür schlug krachend ins Schloss. Begleitet vom Hall des Knalles näherten sich Schritte. Pius bekreuzigte sich. Einen Augenblick später hörte er, wie sich die

Tür auf der gegenüberliegenden Seite des erst vor wenigen Jahren im ganz modernen Stil installierten Beichtstuhles öffnete und leise wieder schloss. Rascheln. Scharren. Ein Seufzen.

Pius schob den kleinen Holzladen zur Seite und starrte auf das mit unzähligen winzigen Löchern versehene Trennholz.

»Im Namen des Vaters, des Sohnes und des Heiligen Geistes«, drang es, kaum hörbar, durch das Holzgitter. Die Stimme einer Frau.

Pius zögerte einen Moment, ehe er die tausendmal gesprochene Formel aufsagte: »Gott, der unser Herz erleuchtet, schenke dir wahre Erkenntnis deiner Sünden und Seiner Barmherzigkeit.«

»Amen.«

Die Stimme war jetzt nur noch ein Hauchen. Pius beugte sich näher an die Trennwand. Er meinte, ein leises Schniefen zu hören. Dann sprach die Frau mit zitternder Stimme weiter.

»Ich bereue, dass ich Böses getan und Gutes unterlassen habe. Erbarme Dich meiner, o Herr.«

Während Pius die dem Geistlichen vorgeschriebenen Worte erwiderte, drehten seine Gedanken sich wie wild im Kreis. Wer war diese Frau? Die Stimme kam ihm bekannt vor … »Gott, der barmherzige Vater, hat durch den Tod und die Auferstehung seines Sohnes die Welt mit sich versöhnt und den Heiligen Geist gesandt zur Vergebung der Sünden. Durch den Dienst der Kirche schenke er dir Verzeihung und Frieden. So spreche ich dich los von deinen

Sünden im Namen des Vaters und des Sohnes und des Heiligen Geistes.«

Die Frau schnäuzte sich geräuschvoll. Pius wartete, dass die Beichtende ihr Herz erleichtern möge – doch nichts als Schweigen drang zu ihm, unterbrochen dann und wann von einem Schluchzen oder Schniefen. Heute schienen alle Beichtwilligen zur Fraktion der großen Schweiger zu gehören. Ob es am Wetter lag?

»Mein Kind, was kann ich für dich tun?«, fragte Pius nach einigen Minuten, die sich für ihn wie einer jener Kaugummis gedehnt hatten, auf denen seine Religionsschüler während des Unterrichts herumkauten.

Die Frau heulte auf. Dann drangen ein Poltern und ein Rascheln zu Pius. Er hörte, wie die Frau die Tür aufriss. Pius wartete darauf, sich eilig entfernende Schritte zu hören – doch stattdessen wurde er mit einem Mal vom hellen Licht des Gotteshauses geblendet. Die Frau hatte die Tür zu seiner Kabine aufgerissen. Erstaunt starrte Pius in das verheulte Gesicht von Bärbel.

»So ein Blödsinn mit der Wand da«, kiekste sie.

Verwundert starrte Pius die Wirtin an.

»Das kann ich Ihnen auch so sagen, bald wissen es sowieso alle.« Bärbel schlug die Hände vor das Gesicht. Ein Weinkrampf schüttelte ihren ganzen Körper.

Pius stand auf, legte Bärbel den Arm um die Schulter und führte sie zur nächstgelegenen Kirchenbank. Beinahe zärtlich, doch sehr bestimmt, drückte er sie nieder. Die hübsche Frau klammerte sich an ihm fest, lehnte den Kopf an seine Schulter und ließ den Tränen freien Lauf.

Pius ließ sie gewähren. Während er spürte, wie Bärbels Tränen seine Kutte durchnässten, betrachtete er die Kuppel der Kapelle. Wie der Petersdom, nur zehnmal kleiner. Wie angenehm es jetzt in Rom wäre, bei Martinus …

Allmählich hörte das Schluchzen auf. Pius kramte aus seiner Tasche ein Papiertaschentuch und hielt es Bärbel hin. Die schnäuzte sich, wischte sich über die Augen und seufzte. Endlich löste sie sich von ihm und ließ den Blick durch das leere Gotteshaus streifen.

»Wenn ich die Maria da vorne am Altar sehe, diese glückliche Mutter …«, begann sie und schluckte trocken.

»Ja, Maria war eine glückliche Mutter, aber auch eine, der Tränen sicher nicht fremd waren«, ermunterte Pius sein Beichtkind. »Sie hat bestimmt große Sorgen mit ihrem Sohn gehabt.«

»Das hat sie wohl«, sagte Bärbel, deren Stimme nun beinahe tonlos war, als ginge sie das alles nichts mehr an. »Und vielleicht gehört das ja zum Muttersein, das Sich-Sorgen-Machen.«

›Aber du bist doch gar keine Mutter‹, wollte Pius rufen, als Bärbel sich mit beiden Händen an den Leib fasste. Der Pater verstand und konnte sich den Ausruf gerade noch verkneifen..

»Sie brauchen nichts zu sagen«, platzte Bärbel heraus, als sie Pius' Blick bemerkte. »Ledig, schwanger und dann noch eine Kneipe betreiben, pah!«

Kopfschüttelnd sah Pius die Wirtin an. Blickte ihr lange

und tief in die vom Heulen geschwollenen Augen. So lange, bis Bärbel den Blick senkte.

»Das habe ich weder gedacht, noch wollte ich das sagen«, entgegnete Pius.

»Und was dann?«

»Dass es mutig ist, in unseren Zeiten ein Kind in die Welt zu setzen«, antwortete Pius. »Und dass jedes Kind, wirklich jedes, ein Geschenk Gottes ist.«

»Ein Geschenk?« Hohn schwang in Bärbels Stimme mit. »Oder eine Strafe?«

»Wofür sollte der Herr dich strafen?«

»Vater, ich habe gesündigt«, sprach Bärbel mit so viel Ironie in der Stimme, dass Pius eine Gänsehaut bekam. »Ich habe einen verheirateten Mann begehrt. Ich habe, wie soll ich sagen, mit ihm …«

»… geschlafen«, beendete Pius den Satz. »Wir leben hier zwar auf dem Berg, aber nicht hinter dem Mond.«

Ein winziges Lächeln huschte für den Bruchteil einer Sekunde über das Gesicht der Schwangeren. »Also gut, ich habe mit ihm geschlafen, weil ich ihn so liebte. So sehr.« Bärbel hüstelte und blinzelte die Tränen weg, die schon wieder aufsteigen wollten. »Aber er? Als ich ihm sagte, dass wir ein Kind bekommen, da ist er ausgerastet. Komplett. Hat gebrüllt, getobt und geschrien, dass das unmöglich sei, nicht für ihn, nicht in seiner Position. Vergessen waren mit einem Mal all die Versprechungen! Nach Spanien wollte er mit mir gehen, nach seiner Scheidung, nach Mallorca oder Palma, dort wollten wir eine kleine Bar eröffnen, vielleicht ein schönes Hotel … pah!«

Bärbel ballte die Hände zu Fäusten. Pius zuckte zusammen, als er der immensen Wut gewahr wurde, die in dem zierlichen Frauenkörper steckte. »Umbringen hätt' ich ihn können, umbringen!«

»Bärbel, was sagst du da?« Erschrocken ergriff der Pater die Hand der Wirtin. Sie war eiskalt. Ihm dämmerte, von welchem Mann die junge Frau sprach.

Bärbel entzog ihm ihre Hand. »Und dann, was macht der Feigling, der Idiot? Fliegt vom Turm!«

Bärbel sprang auf, ballte so fest die Fäuste, dass die Knöchel weiß hervortraten, und äußerte dann mit tonloser, aber deutlicher Stimme: »Und wenn ich ihn runtergestoßen habe, Pater Pius? Was dann?«

Pius sprang ebenfalls auf. Entsetzt riss er die Augen auf.

»Da fällt Ihnen nichts mehr ein, was? Ist dann ein Kind immer noch ein Geschenk Gottes? Ich schwöre Ihnen, Pater, in mir ist so viel Wut, ich weiß selbst nicht mehr, ob ich ihn umgebracht habe oder ob ich es nur wollte.« Bärbels Stimme versagte. Schluchzend hielt sie sich die Hände vor das Gesicht.

Pius trat einen Schritt auf sie zu – da schallte ›Freude schöner Götterfunke‹ durch das Kirchenschiff. Beide zuckten zusammen, als Pius' Handy in seiner Brusttasche zu bimmeln begann. Fahrig machte der Pater sich auf die Suche nach dem störenden Gerät, das einen Akkord nach dem anderen piepste. Seine Hände zitterten, er bekam das Handy nicht zu fassen.

Bärbel machte auf der Hacke kehrt und rannte aus der

Kirche. Sprachlos starrte Pius ihr hinterher. Als die schwere Türe ins Schloss krachte, hatte er endlich den Apparat aus seinem Hemd gezerrt. Was hatte Bärbel eben gesagt? War das ein Geständnis? War das Wunschdenken einer Betrogenen? Pius' Gedanken fuhren Achterbahn.

»Ciao, Pìo!«, knarzte es aus dem Handy, das Pius immer noch unschlüssig in seiner Hand hielt. »Hörst du mich?«

Pius schüttelte sich und versuchte, den Gedanken an das eben Gehörte zu verdrängen.

»Hallo?«, antwortete er schließlich. »Wer spricht?«

»Ich bin es doch, Martinus«, lachte der Mann am anderen Ende der Leitung. »Wo ich störe, dass du vergessen mein Name?«

»Martinus, nein, ich habe dich doch nicht, ich habe vorhin an dich gedacht. Du störst wirklich nicht.«

»Alora, habe ich nicht viel Zeit, muss ich gleich gehen in Konvent geben Unterricht dumme Schüler wie machen Finanzen.« Martinus schickte via Satellit ein kehliges Lachen auf den Dreifaltigkeitsberg. Sofort wurde es Pius um ein, zwei römische Grad wärmer.

»Höre, meine Freund, habe ich noch einmal geschaut. Firma Megawinn, du weißt, hat viele Immobilien, casa, villa, supermarket und auch Grundstücke. Hat gekauft alte Haus in Spaichingen.«

»Und das hat nicht zufällig 57.000 Euro gekostet?«

»Exakt, dio mio, exakt!«

Pius schwieg einen Moment. 57.000 Euro. Ein altes Haus in Spaichingen. Natürlich! Das Gebäude neben Hafens Schuhladen!

»Habe geholfen?«

»Sehr, Martinus, und wie.« Pius gewann seine Sicherheit zurück. Er spürte, wie ein wenig mehr Licht in die Dunkelheit der letzten Tage und Ereignisse trat.

»Bene, dann ich habe gut eine Stein in meine Garten.«

Pius lachte: »Du meinst, dann schulde ich dir noch einen Gefallen?«

»Ja, si, bene.«

»Und welchen diesesmal?«

»Du ladest mich ein zu nicht nur Vino, auch zu große Essen. In Trattoria, von meine aus auch Bar Pirandola«

»Einverstanden, Martinus, sobald mein Weg mich wieder in die Heilige Stadt führt.«

»Er wird führen, Pìo, er wird!« Mit diesen Worten beendete Martinus das Telefonat.

Hier ist Tom und Ihr hört Radio Donauwelle, den knackigen Sender für den Landkreis Tuttlingen. Um 20 nach erwarten wir Kommissar Thorben Fischer hier live auf dem Äther. Er hat die neuesten Nachrichten zum Todesfall Manfred Engel. Die Gerüchteküche schwappt bis in unser Studio – manche sprechen von einem Unfall, andere von Suizid und sogar das böse Wort ›Mord‹ war zu hören. Die Hörer von Radio Donauwelle werden wie immer als Erste informiert!

Ein Hinweis an die Autofahrer: Zwischen Aldingen und Aixheim ist ein Rind entlaufen. Unsere Hörer bremsen auch für Kühe!

Unser Werbepartner Optik Suttner lädt heute zum kos-

tenlosen Sehtest ein. Dazu gibt's ein Glas Sekt, ein Brillenetui für jeden Kunden und 40 Prozent Rabatt auf alle Gestelle.

Wir machen weiter mit einem Musikwunsch von Reinhard aus Hausen. Er wünscht sich für seine Liebste ›Über den Wolken‹ vom guten alten Reinhard, aber nicht ihm, sondern dem Mey. Here we go!

Verena Hälble sog die winterliche Luft tief in ihre Lungen. Sieben Atemzüge brauchte es, bis sie das Odeur von Thorben Fischers Aftershave aus ihrer Nase geblasen hatte.

»Mann, Fischer, du riechst wie ein ganzer Puff«, schnauzte die Kommissarin ihn an, als sie nebeneinander auf Engels Haus zugingen. »Um ein Haar hätte sich das Autodach von selbst abgehoben.«

Der Angesprochene grunzte nur. Wahrscheinlich war er in Gedanken noch immer beim Spaziergang mit Anja Sonnlein. Oder er dachte daran, wie demnächst ein Film über ihn, den schönsten Polizisten im Ländle, eine Reportage über SWR flimmern würde.

»Jetzt komm mal wieder runter von deinem Startrip, hier gibt's Arbeit«, brummte Verena und drückte auf den Klingelknopf.

»Eifersüchtig?« Fischer konnte sich eine kleine, spitze Bemerkung nicht verkneifen. Immerhin war er mit der Top-Redakteurin unterwegs gewesen, während Kommissarin Hälble mal wieder das trockene Aktenstudium vorgezogen hatte. Ein wenig mehr Sonne, dachte Fischer, und sie würde sogar hübsch aussehen.

Ehe Verena etwas entgegnen konnte, schwang die Haustür auf. Das Erste, was Verena sah, waren wallende blonde Dauerwellen, die sich wie ein wattebauschiger Helm um ein stark geschminktes Gesicht wanden.

»Ja bitte?«, fragte die Blondine wenig freundlich und sichtlich genervt. »Wir geben keine Interviews.«

»Uns schon«, entgegnete die Kommissarin, zog den Dienstausweis aus der Tasche und hielt ihn der mit einem mächtigen Dekolleté ausgestatteten Frau unter die gepuderte Nase.

»Ach, Polizei.« Mit einer unwilligen Geste bat die Frau die offensichtlich störenden Gäste ins Haus. »Sie müssen entschuldigen, aber die Belagerung da draußen ist ja kaum zum Aushalten.«

Thorben Fischer nickte besänftigend. »Aber die Kollegen sorgen schon dafür, dass die Journalisten vom Grundstück bleiben«, sagte er.

Die Blondine brummte und wandte sich um.

»Frau Engel?« Mit einem Schlag wusste Verena, wen sie vor sich hatte: Evelyne Engel, Gattin des obersten Bankers im Ländle. In Jeans und engem Shirt, noch dazu mit offenem Haar, hatte sie die Frau zunächst nicht erkannt. Evelyne Engel war, wann immer sie an der Seite ihres Gatten auftrat, stets in klassische Kostüme gehüllt und hatte das Haar zu einem strengen Knoten gebunden.

»Ich helfe Marlies bei den Vorbereitungen für die Beerdigung«, beschied sie nun knapp und ging voraus ins Wohnzimmer. »Darf ich Ihnen etwas anbieten? Kaffee?«, leierte sie mechanisch.

»Oh, ein Kaffee wäre wunderbar«, säuselte Fischer. Evelyne nickte und bog ab in die Küche. Die beiden Kommissare betraten das Wohnzimmer. Auf der Couch, eingehüllt in eine Wolldecke, saß Marlies Engel. Um sich herum hatte sie einen Berg vollgeschnäuzter und zerknüllter Papiertaschentücher angehäuft. Verena erschrak, als die Witwe den Kopf hob – die rot geweinten Augen lagen in dunklen Höhlen und Frau Engels Haut war so blass, dass sie sich kaum von der Raufasertapete abhob.

»Wir wollten nicht stören«, entschuldigte sich Verena und schlug in die schlaffe, eiskalte Hand ein, die Marlies Engel ihr reichte.

»Nein, Sie stören nicht«, flüsterte die Witwe. »Sie tun Ihre Pflicht.« Marlies wischte sich über die Augen und schlug die Decke zurück. »Bitte entschuldigen Sie meinen Aufzug«, murmelte sie.

Betreten sah Verena zu Boden und bemerkte, dass sich unter ihren groben Schuhen eine Pfütze bildete, die den beigefarbenen Teppich dunkel färbte. Marlies folgte Verenas Blick und zuckte mit den Schultern. »Das macht nichts, Frau Hälble, der Teppich gehört sowieso gereinigt.«

Verena atmete tief ein. Dann sagte sie, zu Fischer gewandt: »Magst du Frau Engel in der Küche helfen?«

Der Assistent brummte etwas Unverständliches, strich sich die Haarpracht glatt und ging aus dem Raum. Wenig später hörte sie sein sonores Lachen und das Klappern von Geschirr. Auf Thorbens Charme war also Verlass.

»Frau Engel, ich will Sie nicht unnötig belästigen, aber

ich habe ein paar Fragen, die leider keinen Aufschub dulden«, begann Verena.

Marlies Engel nickte stumm. »Fragen Sie, Frau Kommissarin, fragen Sie. Je eher der Fall geklärt ist, desto eher kann ich vielleicht zur Ruhe kommen.«

»Gut, Frau Engel. Wir gehen davon aus, dass Ihr Mann sich nicht aus freien Stücken umgebracht hat.«

Marlies Engel nickte bekräftigend. »Das hätte auch nicht zu ihm gepasst«, flüsterte sie leise. Tränen stiegen ihr in die Augen.

»Die Obduktionsergebnisse, die ich Ihnen in den Details ersparen möchte, lassen den Schluss zu, dass Ihr Mann vom Kirchturm gestoßen wurde. Was für mich nun Fragen aufwirft: Wer kann das getan haben? Hatte Ihr Mann Feinde? Neider?«

Marlies Engel schnäuzte sich geräuschvoll und warf das Papiertaschentuch achtlos zu den anderen neben sich auf das Sofa.

»Feinde? Manfred?« Die Witwe schüttelte den Kopf. »Ein paar politische Gegner, ja, das schon, Leute, die mit den Entscheidungen im Rathaus nicht einverstanden waren. Aber Feinde? Nein.« Marlies zögerte einen Moment, klappte den Mund auf – und besann sich dann offensichtlich anders. »Wissen Sie, Frau Hälble, mein Mann hat mit mir nie viel über die politischen Angelegenheiten gesprochen. Wenn er nach Hause kam, dann hat er, wie man so sagt, quasi an der Tür seine Amtskette abgelegt. Und wenn es im Gemeinderat mal Streit gab, dann hab ich das nur gemerkt, weil er nach solchen Sitzungen meistens gleich ins Bett gegangen ist.«

»Aber hat ihn denn einmal jemand bedroht? Laut angegriffen?«

Wieder verneinte die Witwe.

»Vielleicht müssen wir ja auch in Ihrem privaten Umfeld suchen? Gab es Zwist in der Verwandtschaft? Unter den Freunden?«

Marlies Engel verneinte erneut – vehement. »Auf keinen Fall, Frau Kommissarin, mein Mann und ich, wir hatten ein sehr gutes Verhältnis zu unserer Familie. Und unser Freundeskreis besteht seit Schultagen. Nein, wirklich, das ist absurd.« Sie stand auf, schwankte einen Moment und entschuldigte sich dann just in dem Moment, als Evelyne Engel und Thorben Fischer mit dem Kaffee ins Zimmer traten.

»Ist dir nicht gut?« Besorgt stellte Evelyne das Tablett auf den Couchtisch und strich ihrer Schwägerin über die Schulter.

»Nein, alles gut, ich muss nur mal eben zur Toilette«, murmelte die Hausherrin.

Evelyne sah ihr mit sorgenvollem Gesicht nach. Die schwarze Bluse war Marlies hinten aus der Hose gerutscht und gab den Blick frei auf einen Streifen ihres nackten Rückens. Betreten senkte Verena den Kopf.

»Milch? Zucker?« Evelyne Engel schenkte aus der silbern glänzenden Isolierkanne Kaffee in die Zwiebelmustertassen.

»Alles, ich nehme alles«, polterte Fischer.

Verena schüttelte stumm den Kopf und nahm dann einen großen Schluck des schwarzen Gebräus.

»Sie steht völlig neben sich«, erklärte Evelyne Engel beinahe entschuldigend und setzte sich Verena gegenüber in den Sessel. »Ich glaube, sie hat noch immer nicht begriffen, was geschehen ist. Heute Morgen zum Beispiel hat sie den Frühstückstisch für zwei Personen gedeckt, als ob Manfred jeden Moment kommen würde.« Die Bankersfrau stellte die Tasse ab und wischte sich eine Träne von der gepuderten Wange.

»Ist Ihnen irgendetwas aufgefallen? Hat sie eine Äußerung gemacht, die, sagen wir, auffällig war? Oder gab es in der Vergangenheit Ereignisse, die uns weiterhelfen könnten?«

Evelyne Engel schüttelte den Kopf und starrte von Verena zu Fischer, der mühsam seinen Notizblock aus der Jackentasche kramte. »Wissen Sie, mein Mann und ich sind so oft in Stuttgart, eigentlich könnten wir unser Haus hier verkaufen«, meinte sie dann. »Aber für mich käme das nicht infrage, wir sind in Spaichingen zu Hause.«

Verena nickte, Fischer notierte.

»Leider bleibt viel zu wenig Zeit für die Familie, und die wenigen Stunden, die wir gemeinsam verbringen, sollen nicht mit Problemen belastet werden. Krisen gibt's in der Wirtschaft nun wirklich genug.«

Wieder nickte Verena, wieder notierte Fischer eifrig.

Evelyne Engel nahm einen Schluck Kaffee und stellte die Tasse beinahe geräuschlos zurück auf den Unterteller. »Wobei … doch, jetzt wo Sie fragen«, setzte sie schließlich an.

Verena beugte sich vor, Fischer klickte mit dem Kugelschreiber.

»Das ist so zwei, vielleicht auch drei Wochen her. Ich gehe, wenn ich hier bin, gerne am Abend noch auf ein Zirkeltraining ins Fitnessstudio. Sehr zur Freude der Bodyguards, die dann auch ein bisschen Gewichte stemmen dürfen.« Evelyne Engel kicherte leise. »Was die Herren allerdings gar nicht freut, ist, wenn ich zu Fuß nach Hause laufe. Aber ich finde es, ehrlich gesagt, ziemlich blöde, mit dem Auto zum Sport zu fahren.« Wieder lachte sie leise vor sich hin. »Jedenfalls gehe ich da gerne die Hauptstraße entlang, ich komm ja sonst kaum zum Schaufensterbummel. Ich kann Ihnen, falls Sie es gleich fragen sollten, leider beim besten Willen nicht mehr sagen, wann genau das war. Und auch nicht, wo. Aber meine Wachmänner sind ganz schön nervös geworden, als wir plötzlich Schreie gehört haben. Nein, keine Schreie, es war ein lauter Streit. Zwei Männerstimmen.«

Verena beugte sich weiter vor. Fischer blätterte eine Seite weiter.

»Ich hab mich nicht irritieren lassen. Selbst hier in Spaichingen sind nachts unschöne Gestalten unterwegs.«

Verena konnte sich lebhaft vorstellen, wie Evelyne Engel, gewandet in einen Designer-Fitnessanzug und gefolgt von zwei schwarz gekleideten Bodyguards, mit hoch erhobenem Haupt die Straße entlangmarschiert war.

»Was ich auf jeden Fall noch weiß, ist, dass es auf der rechten Seite der Hauptstraße war, vom ›Bären‹ aus Richtung Rottweil gesehen. Und es muss nach 22 Uhr gewesen sein, denn die meisten Schaufensterbeleuchtungen waren schon ausgeschaltet.«

Evelyne, die ihrer Erscheinung nach offensichtlich in den besten Stuttgarter Boutiquen einkaufte, erzählte dies völlig neutral. Doch Thorben Fischer schnaubte verächtlich. Verena schickte ihm einen giftigen Blick zu.

»Ich bin einfach weitergegangen. Aber dann kam ich an einen Durchgang zwischen zwei Häusern. Bitte, fragen Sie mich nicht, wo genau das war, ich war in Gedanken sicher ganz woanders. Jedenfalls hörte ich Geschrei, zwei Stimmen, wie ich schon sagte, eigentlich brüllten beide gleichzeitig.«

»Konnten Sie etwas verstehen?«, hakte Verena nach.

»Beim besten Willen, Frau Kommissarin, das konnte ich nicht, einige Schimpfwörter hab ich gehört, Sachen wie ›Schuft‹, ›Dieb‹ und Ähnliches, was ich nicht wiederholen möchte.«

Verena nickte verständnisvoll.

»Auf einmal ist einer der Männer aus dem Gässchen gerannt«, erzählte Evelyne weiter und strich sich mit einer beinahe fahrigen Bewegung eine blonde Locke aus der Stirn. »Meine Bodyguards haben sich sofort vor mich gestellt und so hatte ich keine gute Sicht. Aber ich bin ganz sicher, dass das mein Schwager war.«

»Manfred Engel?«, riefen Verena und Fischer im Chor.

Evelyne nickte. »Meine Jungs haben mich dann gegen die Hauswand gedrängt. Manfred rannte in Richtung Marktplatz davon, der andere Mann kam beinahe gemächlich aus dem Gässchen.«

»Konnten Sie ihn erkennen?« Verena spitzte die Ohren, um ja kein Wort zu verpassen.

Pius und zog den schwarzen Mantel enger um seinen Körper. »Sie soll mich bitte anrufen.«

»Mach ich gern, Pater«, strahlte Weckerle und notierte eilfertig einiges auf einem schmalen Block. »Mach ich sehr gerne, sobald die Frau Hälble vom Herrn Hafen zurück…« Weckerles Wangen liefen rot an, als habe er sie in Ketchup getunkt. Die Ohren des Polizisten leuchteten im selben Ton. »Ach, das hätt ich vielleicht net saga dürfa«, murmelte er. »Aber Sie als Mann Gottes, also als Kirchenmann, also …«

»Schon gut, schon gut«, beruhigte ihn Pius und klopfte mit dem Zeigefinger leise gegen die Scheibe. »Ich hab nichts gehört.«

Der Wachtmeister grinste erleichtert. Pius aber hatte sehr wohl vernommen, wo Verena hingegangen war. Zu Hafen also. Hatte der womöglich etwas mit Engels Tod zu tun? Selbst auf dem Berg waren den Patres Gerüchte über die schiefe Finanzlage des Schuhbarons zu Ohren gekommen. Der ›Bergfunk‹, wie Pius jene Damen mittleren Alters heimlich nannte, welche wöchentlich zum Gottesdienst mit anschließendem Kaffeeklatsch auf den Dreifaltigkeitsberg pilgerten, tauschten sich über alles und jeden in Spaichingen aus – und das nicht immer ganz so gottgefällig, wie es sich im Schatten des Kirchturmes geziemen würde.

Pius war so in Gedanken versunken, dass er gar nicht bemerkte, dass er den falschen Weg eingeschlagen hatte. Statt zum Parkplatz gegenüber der Sparkasse zu gehen, fand er sich nach einem Marsch entlang der Hauptstraße und vorbei am Marktplatz und der neuen Berufsschule vor dem ›Bären‹ wieder. Drinnen war die Deckenbeleuchtung eingeschaltet und lockte mit warmgelbem Licht.

»Wenn ich schon mal da bin,«, sagte Pius zu sich selbst und fingerte in seiner Manteltasche. Ein paar Münzen klimperten gegen den Autoschlüssel. »Für einen heißen Tee wird's schon reichen.«

Der Pater stapfte in die Gaststube und sah sich um. Verwundert registrierte er, dass kein anderer Gast da war. Nicht einmal Schorsch und Erich saßen an ihren angestammten Plätzen. Pius schälte sich aus dem Mantel, warf ihn über einen Stuhl am Fenstertisch und setzte sich. Der typische Fritteusengeruch stieg ihm in die Nase. Lustlos blätterte Pius in der auf dem Tisch aufgestellten Karte und rechnete sich aus, wie viele Wurstsalate er von seinem monatlichen Taschengeld kaufen könnte. Achteinhalb lautete sein Ergebnis. Der Pater lächelte dankbar – Bruder Johannes wäre bitter enttäuscht, wenn er seine 30 Euro in auswärtiges Essen investieren würde, anstatt, wie üblich, in ein gutes Buch oder eine klassische CD. Oder, was Pius immer noch am liebsten war, in Schokolade, vorzugsweise Nuss Nugat.

Pius lauschte in Richtung Küche und meinte, leises Geschirrklappern zu hören. Dann schaute er aus dem Fenster. Ein breites Grinsen erhellte sein Gesicht: Thorben Fischer schlenderte vorbei. An der Seite des jungen Kommissars schwebte Anja Sonnlein. Die Fernsehmoderatorin schaute mit großen Augen zu Fischer auf, der gestenreich erzählte. Auf Höhe des Fensters, hinter welchem Pius saß, blieben die beiden einen Moment stehen. Der Pater registrierte unzählige Fältchen um Anja Sonnleins Augen. Im Fernsehen sind die nie zu sehen, dachte er bei sich. Fischer hob den Arm, als wolle er die Moderatorin umarmen. Doch die machte einen Schritt nach vorne und kurz darauf war das Paar aus Pius' Blickfeld verschwunden.

Der Pater griff nach dem Aufsteller, der neben einer angebrannten Kerze und Kunstblumen auf dem Tisch stand. Lustlos betrachtete er die Fotos von Eiscafé, gemischten Eisbechern und Milchshakes auf der abgegriffenen Karte. Dann schob er die Plastikrosen von rechts nach links und wieder zurück. Die Uhr über der Theke tickte leise. Pius popelte eine Wachsnase von der Kerze. Als er sich eben überlegte, wo er Streichhölzer finden könnte, um die Kerze anzuzünden, drang ein Poltern durch die Zimmerdecke, gefolgt von einem Heulen.

Der Pater sprang auf, stürzte zur Tür mit der Aufschrift ›Privat – Kein Zugang‹ und hastete die Holzstiegen nach oben. Die Tür zu Bärbels Wohnung stand offen. Pius schlüpfte in den Flur und lauschte. Tatsächlich – aus einem der hinteren Räume drang Schluchzen. Er schlängelte sich am Telefontischchen und der mit Jacken überladenen Wandgarderobe vorbei, lauschte an jeder der geschlossenen Türen. An der vorletzten auf der rechten Seite blieb er schließlich stehen und legte das Ohr auf das Holz. Wimmern und Weinen waren zu hören.

Leise und ganz vorsichtig drückte Pius die Klinke herunter. Heimlich dankte er den fleißigen Händen, welche die Tür geölt hatten – lautlos ließ sie sich einen Spalt weit öffnen. Pius linste in die Wohnstube. Dort kniete Bärbel, dem Pater den Rücken zuwendend, auf dem Boden und starrte das Kruzifix in der Ecke an. Wieder und wieder wurde die Frau von Heulkrämpfen geschüttelt. Pius zögerte – etwas hielt ihn zurück. Minutenlang starrte der Pater auf die Frau, die sich nun vor- und zurückwiegte, und sich immer wieder die Haare raufte. Pius wollte gerade einen Schritt in die Stube machen, als Bärbel erneut aufheulte.

»Ich bin schuld, ich bin schuld«, kreischte die Frau und hob flehend die Hände gen Kruzifix. »Ich hab ihn umgebracht, oh mein Gott, ich hab ihn umgebracht!« Dann drang ein Schrei wie von einem waidwunden Tier aus Bärbels Kehle. Pius lief es eiskalt den Rücken herunter.

Hier ist Radio Donauwelle, am Mikrofon eure Svenja. Willkommen beim schnellsten Sender im Kreis Tuttlingen! Leute, das war ein Tag – erst warte ich den ganzen Vormittag, dass endlich der Typ von Kabel-TV kommt, damit ich mehr als drei Sender auf den Schirm kriege, dann ist mein Lieblingsduft in der Parfümerie ausverkauft und zu guter Letzt springt mir noch ein Betonpfeiler im Parkhaus vom C&A in die Beifahrertür …

Mir reicht's für heute. Deshalb für alle da draußen, die ähnlich schlecht gelaunt sind wie ich und für meine Versicherung! ›Crash Test‹ von der Fear Factory.

Nach dem Song gibt's noch ein Statement von Steven zum Todesfall Engel. Und dann verrate ich euch das Kinoprogramm für die kommende Woche.

Zur selben Zeit starrte Verena Hälble in das versteinerte Gesicht Arthur Hafens. Vom Flur her drang das Klappern der mechanischen Schreibmaschine, mit welcher die Sekretärin seit Jahrzehnten Adressen auf Briefumschläge tippte, in den kleinen Vernehmungsraum im zweiten Stock des Reviers. Auch wenn das ›E‹ und das ›R‹ klemmten, trennen wollte sie sich nicht von der Maschine. Da konnte das PC-Programm noch so gut sein, Frau Haller schwor Stein und Bein, dass die Schreibmaschine das zuverlässigere Gerät sei.

Zwischen Verena und Hafen stand ein Diktiergerät, flankiert von zwei braunen Plastikbechern mit längst kalt gewordenem Automatenkaffee. Arthur Hafen hatte die Arme vor der Brust verschränkt. Unter dem Tisch wippte er nervös mit den dunkelbraunen Schnürschuhen.

»Herr Hafen«, begann Verena erneut und, wie sie annahm, zum siebten oder achten Mal. »Wenn Sie keine Aussage machen wollen, so ist das Ihre Entscheidung. Ich kann Ihnen nur raten – reden Sie, wenn es etwas gibt, das ich wissen sollte.«

Hafen schnaubte. »Jaja, und wenn ich jetzt ein Geständnis ablege, dann wird das vor Gericht positiv gewertet.«

»Das möglicherweise auch«, beschied Verena und bemühte sich, ihre Ungeduld im Zaum zu halten. Seit einer halben Stunde drückte ihre Blase. Am liebsten wäre sie aufgestanden, zum Klo gerannt und danach in die Dönerbude. Ihr Magen knurrte. Stattdessen atmete sie tief durch.

»Wir sitzen jetzt seit fast zwei Stunden hier«, stellte sie fest. »Und wir können auch noch bis heute Abend hier sitzen.« Innerlich trat Verena dem Schuhhändler gegen die Schienbeine. Mit größter Anstrengung gelang es ihr, ein süffisantes Lächeln aufzusetzen. »Ich habe Zeit.«

»Ich aber nicht, Frau Kommissarin!«, blaffte Hafen. »Sie stürmen in meinen Laden, stören ein Kundengespräch und haben dann noch die Chuzpe, mich aufs Revier zu schleppen.«

Verena staunte – einem Mann wie Hafen hätte sie ein Wort wie ›Chuzpe‹ niemals zugetraut. Aber jeder Verdächtige war stets für eine Überraschung gut, das hatte sie in all den Jahren gelernt.

»Sie können sich gerne beschweren«, entgegnete sie und beschloss, das Programm ›zickige Kommissarin‹ zu fahren. Das übliche ›böser Polizist – guter Polizist‹, das sich in Verhören bewährt hatte, fiel aus. Dank Fischer, der sich garantiert irgendwo mit der Fernsehtante ein opulentes Mittagessen gönnte. Verena entschied sich, ihren aufsteigenden Groll gegen den Kollegen, die drückende Blase und den hungrigen Magen gegen den sturen Hafen einzusetzen. Sie stand so schwungvoll auf, dass der Stuhl beinahe umgekippt wäre. Mit den Händen stützte sie sich auf dem Tisch ab und sah Hafen direkt in die Augen. »Ich werde jetzt dieses Diktiergerät einschalten. Und ich kann gerne das, was ich glaube, als bewiesene Fakten aufsprechen.«

Hafen schnaubte spöttisch. Ein Grinsen spielte um seine Mundwinkel. Verena roch seinen säuerlichen Atem.

»Und nach jeder meiner Aussagen werde ich hinzufügen …«, Verena beugte sich noch näher zu Hafen, obwohl ihr dessen Atem beinahe die Luft nahm, »… dass der Verdächtige die Aussagen mit einem Kopfnicken bestätigt.«

Hafen schluckte trocken und Verena hoffte inständig, dass er niemals etwas von diesem Gespräch nach außen dringen lassen würde – eine Dienstaufsichtsbeschwerde wäre das Geringste, was sie zu erwarten hätte.

»Ich gehe jetzt zu Frau Haller, Sie hören ja selbst, dass sie noch da ist. Sie kann dann gleich das Protokoll abtippen.« Verena hörte, wie Hafen nach Luft schnappte. Hastig eilte sie aus dem Zimmer, sauste den Gang hinunter und verschwand auf dem Klo. Wenig später kam sie erleichtert und mit zwei Bechern frischem Automatenkaffee zurück. Hafen stand am Fenster und starrte auf die Hauptstraße.

»Also gut«, knurrte der Schuhhändler, als er sich schließlich umdrehte. »Aber eins ist klar – ich mache meine Aussage freiwillig. Ich habe nichts zu verbergen und genau das werden Sie ganz fett ins Protokoll aufnehmen.«

Verena nickte und startete die Aufnahmekassette. Hafen schlenderte zum Tisch, setzte sich mit übereinandergeschlagenen Beinen hin und nahm erst einmal einen großen Schluck Kaffee.

»Mit Milch und Zucker, danke«, konstatierte er. »Also, Frau Kommissarin, was wollen Sie von einem unbescholtenen Bürger wissen?«

Verena Hälble verdrängte das Magenknurren und konzentrierte sich auf das Verhör.

»Laut einer Zeugenaussage wurden Sie, Herr Hafen, gesehen, und zwar mit dem verstorbenen Manfred Engel.«

Hafen grinste. »Ach, was? Welch Wunder!«

»Herr Hafen, bitte«, meinte Verena mit Nachdruck. »Laut Zeugenaussage waren sie und der verstorbene Bürgermeister in einen lauten Streit verwickelt, der in einem Handgemenge endete.«

»Sososo. Und darf man wissen, wer dieser Zeuge sein soll?«

»Nein, darf man nicht. Also, was sagen Sie dazu?«

»Muss ich denn etwas dazu sagen?« Hafen nahm den Plastikbecher und pustete hinein. Ehe er einen Schluck trank, kniff er die Augen zusammen. Seine Hände zitterten, als er den Becher zum Mund führte.

»Ich würde Ihnen raten, zu sprechen, Herr Hafen. Es ist nur meine persönliche Empfehlung, doch wenn Sie nichts zu verbergen haben …« Verena beugte sich vor und schob das Diktiergerät näher zu dem Mann hin.

»Ich? Zu verbergen? Dann wohl doch eher der Engel.« Hafen schnaubte. Sein Gesicht wechselte von hell- zu dunkelrot. Unter dem Tisch scharrte er mit den Designerschuhen über das abgetretene Linoleum.

Verena nickte aufmunternd.

Und dann sprudelte es förmlich aus Hafens Mund: »Ich betreibe seit Jahrzehnten eines der besten Geschäfte in Spaichingen. Ich hab mal ganz klein angefangen, wissen Sie, mit einem überschaubaren Sortiment. Aber immer war alles beste Qualität. Von Salamander. Rieker. Nur gute deutsche Marken. Aber die Leute wollen ja immer mehr und so kamen dann im Lauf der Jahre italienische und französische Modelle dazu. Wussten Sie übrigens, dass die meisten Schuhe italienischer Marken in Lizenz bei deutschen Firmen hergestellt werden?«

Verena schüttelte den Kopf und überlegte, wann sie das letzte Mal Pumps getragen hatte.

»Jedenfalls kann man heutzutage Schuhe nicht einfach so ins Regal stellen. Die Präsentation muss passen. Das sehe ich jedes Jahr, wenn ich auf die Messen gehe. Tolle Ausstellungsmöbel gibt es da, ich bin überzeugt, das kurbelt den Umsatz an, wenn man seine Waren so präsentiert.« Hafen war offensichtlich in seinem Element und erzählte von ungarischen Schreinern und mazedonischen Teppichherstellern, von spanischen Beleuchtern und französischen Innendesignern. Verena ließ ihn gewähren.

»Und jetzt frage ich Sie, Frau Hälble, wie ich das alles in meinem Laden unterbringen soll? Wenn ich nicht mit der Zeit gehe, dann kann ich mit der Zeit gehen. In kurzer Zeit.« Hafen ließ ein gequältes Lachen hören.

»Ich habe mich seit Langem bemüht, das Nebengebäude zu erwerben. War beim Architekten, habe Umbaupläne in Auftrag gegeben.« Mit dem Finger auf dem Tisch skizzierte der Schuhhändler, wo der neue Eingang, wo der Durchbruch ins Nachbarhaus geplant war.

»Meine Frau und ich haben seit Jahren auf Urlaub verzichtet. Essen gehen? Höchstens mal an Geburtstagen. Neues Auto? Haben wir uns verkniffen. Jeden Cent haben wir gespart, um ihn in den Hauskauf und den Umbau zu stecken. Und ich sage Ihnen, das war keine einfache Zeit. Unsere Ehe hat gelitten, das können Sie mir glauben. Stehen Sie mal den ganzen Tag im Laden, an sechs Tagen die Woche, und am Sonntag machen Sie die Abrechnung. Und dann gönnen Sie sich nichts, absolut nichts. Weil Sie ja einen Plan haben.« Hafen stockte und ballte die Hände zu Fäusten.

»Im Gemeinderat stand der Verkauf des Gebäudes an mich auf der Tagesordnung. Ich dachte: Jetzt geht es bald los, das Leben wird besser. Pustekuchen! Immer weniger Kunden kamen in meinen Laden. Wer will denn schon in einer alten Baracke einkaufen? Und dann höre ich, dass der werte Herr Engel das Haus bereits veräußert hat. Futsch. Aus. Weg!« Hafen hieb mit der Faust auf den Tisch, dass der Kaffeebecher ins Wanken geriet.

»Und da soll ich keine Wut haben auf den sauberen Herrn Bürgermeister?«, brüllte Hafen und sprang auf. Laut polternd fiel der Stuhl nach hinten. »Ich hätt ihn umbringen können, das geb ich zu, jawohl, umbringen!« Hafens Stimme überschlug sich. Verena stand ebenfalls auf, hob beschwichtigend die Hände. Doch der Schuhhändler schrie weiter, griff nach dem halb vollen Plastikbecher und schleuderte ihn an die Wand. Braune Spritzer verteilten sich auf der Raufasertapete.

»Herr Hafen!«, hob nun Verena die Stimme. »Beruhigen Sie sich!«

Aber der andere schien sie gar nicht wahrzunehmen. Wieder und wieder trat er mit den weichledrigen Schuhen gegen den Tisch, den Stuhl. Verena kam es vor, als seien Stunden vergangen, ehe die Tür aufgerissen wurde. Wachtmeister Weckerle stürmte herein, stürzte sich auf Hafen und drehte ihm die Arme auf den Rücken. Der Schuhhändler schrie und zeterte.

»Abführen«, bat Verena matt und ließ sich auf den Stuhl fallen. »Herr Hafen, Sie bleiben erst einmal in Gewahrsam.«

Weckerle grinste und schob den wetternden Mann aus der Tür. Im Keller wartete ein Zimmer im Café Gitterle auf den Schuhhändler. Für heute allerdings ohne Verpflegung, denn nach 17 Uhr wurde in den Polizeisuiten keine Vesper mehr serviert.

Hier ist noch immer eure Svenja von Radio Donauwelle, dem Sender für den Kreis Tuttlingen. Richtig, eigentlich sollte jetzt Nachteule Regina das Programm übernehmen. Aber die war den ganzen Tag mit Steven in Spaichingen unterwegs. Ich habe für euch die neuesten News zum Fall Engel. Und einen Hinweis in eigener Sache: Wenn der Techniker von Kabel-TV morgen nicht kommt, dann kaufe ich mir eine Sat-Schüssel.

Meine Versicherung hat im Studio angerufen. Die glauben mir nicht, dass es im Parkhaus springende Pfeiler gibt. Gibt's aber. Ehrlich. Der ist in Sekundenschnelle in mein Auto gehüpft.

Unglaublich ist auch das Angebot unseres Werbepartners Optik Suttner. Dort gibt es am Samstag ein Frühstücksbuffet. Sehtest, Rabattaktion. Kostenlose Brillenreinigung und Brillenetuis für alle inklusive.

Bis zu meinem Frühstück wird's noch eine lange Nacht. Lasst mich nicht allein! Wir starten mit Peter Schillings ›Major Tom‹ in die Traumzeit. Völlig schwerelos …

Pius lutschte träge an der Nussschokolade. Ganze Haselnuss. Eigentlich liebte er es, die in Schokolade gebadeten Nüsse mit Höchstgeschwindigkeit zwischen den Zähnen krachen zu lassen. Doch heute Abend war er selbst zum Kauen zu müde. Der Pater spürte, dass seine Augen gleich zufallen würden. Seufzend schälte er sich aus dem Sessel und schaltete den Fernseher aus. Er war allein im Wohnzimmer der Patres. Die anderen hatten sich direkt nach der Tagesschau in ihre Zellen zurückgezogen. Doch Pius, in dessen Kopf die Gedanken wirbelten, hatte noch einige Zeit der Aufzeichnung einer vatikanischen Messe auf ›K-TV‹ zugesehen. Ohne wahrzunehmen, was die Kurienkardinäle rings um den Altar taten, ohne der Predigt wirklich zu lauschen. Die italienischen und lateinischen Formeln, welche hinter der deutschen Synchronisation durchdrangen, lullten ihn ein. Mechanisch hatte er ein Stück Schokolade nach dem anderen von der Tafel abgebrochen. Ein Nusssplitter hatte sich in seinen Backenzähnen verhakt. Pius fischte mit der Zunge danach, löschte das Licht und schlug den Weg zu seiner Zelle ein.

Vielleicht würde er ein bisschen in Steven King lesen. Oder in der Bibel, das Alte Testament. Das würde ihm guttun, zu lesen, wie die Urväter den Bund mit Gott eingingen. Mose 2, genau. Das wäre die richtige Lektüre für diesen Abend. Pius beschleunigte seine Schritte.

Das schrille Klingeln der Glocke hallte beinahe gespenstisch in dem langen Gang wider. Pius zuckte zusammen. Noch einmal wurde auf die Klingel gedrückt, länger dieses

Mal. ›Damals sangen Mose und die Israeliten dies Lied dem Herrn und sprachen: Ich will dem Herrn singen, denn er hat eine herrliche Tat getan‹, murmelte Pius den Anfang des 15. Verses. Das Klingeln hörte nicht auf. Seufzend wandte er sich um und betrat die kleine Pförtnerloge. Hier, in Pater Josefs Reich, hatte jedes Ding seinen Platz: Das Besucherbuch lag im rechten Winkel zum Lineal, mit dem Pater Josef akkurate Linien unter jeden Namen zog. Selbst der kleine Kaktus, welcher auf dem Schreibtisch stand, schien seine winzigen Stacheln mit geomterischer Strenge in die Luft zu recken.

Auf dem Monitor der Überwachungskamera erkannte Pater Pius die schwarz-weiß flimmernde Gestalt eines Mannes, der sich nahe an die Linse beugte. Im Hintergrund war ein dunkler Wagen zu erkennen, an dessen Fahrertür ein weiterer Mann lehnte und an einer Zigarette zog. Ein dritter Mann war als Schatten hinter dem Wagen zu erkennen.

Pius drückte auf den Sprechknopf. »Ja bitte?«

»Ich muss mit Pater Pius sprechen«, meinte der Besucher draußen.

»Ich bin es selbst«, antwortete Pius.

»Bitte lassen Sie mich herein, ich weiß, dass es spät ist«, nuschelte die Gestalt. Pius kniff die Augen zusammen und starrte auf den kleinen Monitor. Das war doch …

»Herr Engel! Um diese Zeit«, entfuhr es Pius.

»Kannischreinkommn?« Jens-Uwe Engel blickte flehend in die Kamera.

Pius drückte den Türöffner. Im selben Moment, in dem

der Pater aus der Pförtnerloge trat, stolperte der Banker in den Flur.

»Hoppla«, sagte Engel und stützte sich an der Wand ab. »Binnichwohl … gestolpert … binnichwohl.« Engels Krawatte saß merklich schief über dem zerknautschten Hemd. Seine sonst perfekt gestylten Haare lagen wirr um den Kopf. Der Banker rülpste leise. Eine Bierfahne wehte durch den Flur. Pius schickte ein Stoßgebet zu seinem Herrn. Mit der Zunge versuchte er erneut, den Nusssplitter zwischen seinen Backenzähnen loszuwerden, während er Engel unterhakte und in das vorderste Besucherzimmer bugsierte. Der späte Gast ließ sich in den erstbesten Sessel fallen. Pius setzte sich ihm gegenüber an den einfachen Holztisch.

Eine gute Seele – vermutlich Bruder Johannes – hatte in der Mitte des Tisches auf ein gehäkeltes Deckchen eine Flasche Heilwasser und vier Gläser gestellt. Pius schenkte zwei Gläser voll. Eines schob er dem Gast zu, der mit zitternder Hand danach griff und es in einem Zug leerte. Aus dem anderen nahm er selbst einen kleinen Schluck und versuchte so unauffällig wie möglich eine heimliche Mundspülung. Doch das Nussstück ließ sich nicht wegwaschen.

»Dankeschön«, murmelte Engel und stellte das Glas ungelenk wieder ab. »Entschuldigen Sie, dass ich so spät noch störe.« Er hatte Mühe, die Worte zu artikulieren. Aus rot geränderten Augen sah er den Pater an.

»Scho recht, scho recht«, murmelte Pius, der im Augenblick eigentlich nur zwei Dinge loswerden wollte – das Nussstück und den ungebetenen Gast.

»Wissen Sie, die Situation …«, setzte Engel an. Doch er sprach nicht weiter.

Pius nickte ihm aufmunternd zu, doch statt Worten kam ein leises Rülpsen aus dem Mund des Bankiers.

»Und meine Frau, also, die Evelyne, also sie … wegen Manfred …«, wieder stockte Engel. Er stützte den Kopf in die Hände und fuhr sich dann durch das Haar.

»Was ist mit Ihrer Frau?«, fragte Pius leise.

»Und die Marlies erst!«, rief Engel und hob den Kopf. Ein kleiner Speichelfaden hing von seinen Lippen. »Die Beerdigung und die Reden und überhaupt.« Engel kniff den Mund zusammen und verschränkte die Arme vor der Brust. »Können Sie sich vorstellen, was los ist? Das Telefon steht nicht mehr still. In Stuttgart nicht, zu Hause nicht und ich frage mich, woher die Journalisten meine Mobilnummer haben.« Engel griff nach der Flasche mit dem Heilwasser und zielte damit auf sein Glas. Erstaunlicherweise traf er.

»Bedienen Sie sich«, sagte Pius resigniert. Ihm schwante, dass der Besuch länger dauern könnte. Er unterdrückte ein Gähnen.

»Der Manfred und ich, wir sind hier aufgewachsen. Wussten Sie, dass wir als Kinder mal beim Himbeerenklauen von Pater Ignaz erwischt wurden?« Engel kicherte, als er an die Begegnung mit Pius' Vor-Vorgänger dachte.

Pius kannte die Geschichte – dennoch ließ er sie sich von Engel noch einmal erzählen: Die Jungen hatten mit ihren Freunden den Wald am Fuße des Dreifaltigkeitsberges durchstreift. Beinahe jeden Nachmittag, bei Wind und Wetter, waren sie draußen unterwegs gewesen, sobald die nötigsten Hausaufgaben erledigt waren. Je älter die Knaben wurden, desto größer wurde auch ihr Radius. Und irgendwann war der Klostergarten, von dem heute nur noch ein paar Beete übrig waren, ihr bevorzugtes Revier. Hier oben, zwischen Himbeersträuchern und Salatköpfen, zwischen aufgestapeltem Holz und dem windschiefen Hühnerstall, hatten sie den idealen Ort für ihre Abenteuer gefunden. Nur … solch eine wilde Hatz macht hungrig und im Spätsommer jenes Jahres lockten die saftigen Himbeeren. Unwiderstehlich.

Pater Ignaz dachte zunächst, diebische Vögel hätten sich an den von ihm sorgsam gepflegten Früchten gütlich getan. Doch als dann auch Karotten, Radieschen und Erdbeeren verschwanden, legte der Prior sich hinter einem Holzstapel auf die Lauer.

»Die Maulschellen von meinem Vater waren noch das Geringste.« Engel grinste, als er an jene Tage in einem längst vergangenen Sommer dachte. »Schlimmer war's, dass wir drei Wochen lang jeden Mittag zum Jäten und Unkrautzupfen auf den Berg mussten, während unsere Kameraden im Grottenloch geschwommen sind.«

Pius lächelte. Zu Engels Kindertagen hatte es noch kein Freibad gegeben – ein Naturtümpel am Stadtrand lockte im Sommer die Schwimmer und im Winter die Eisläufer.

»Damals haben wir uns geschworen, dass wir nie wieder freiwillig auf den Berg gehen würden.« Tränen stiegen dem Vorstandsvorsitzenden in die Augen. »Und nun …«

Ein unterdrücktes Schluchzen drang aus der Kehle des Bankers.

Pius streckte den Arm aus und legte dem Mann beruhigend die Hand auf die Schulter. Die Tränen rührten ihn – und doch fragte er sich, ob Engel um den Toten oder die längst verlorene Jugend weinte.

Minutenlang saßen die Männer schweigend da. Engel hing seinen Erinnerungen nach, Pius dachte sehnsüchtig an die Zahnseide, die er in dem winzigen Bad neben seiner Zelle aufbewahrte.

Plötzlich sprang Engel auf. »Kann ich hier mal telefonieren? Ich habe mein Handy im Auto liegen gelassen.« Schwankend hielt er sich am Tisch fest.

»Sicher«, murmelte Pius und führte den Gast in die Pförtnerloge.

Engel ließ sich auf den Drehstuhl plumpsen.

Pius schloss die Tür hinter ihm und ging zurück ins Besucherzimmer, wo er einen Schluck Wasser nahm und – nun geräuschvoll – zwischen den Zähnen durchzog. Doch die Nuss war hartnäckig. Dann hörte er Schritte auf dem Gang. Das Klappen der Haustür und den Motor des Wagens. Knirschend rollten die Reifen der Limousine über den Kies. Der Pater seufzte und ging hinaus auf den Gang. In der Loge brannte noch Licht, doch der Stuhl war leer. Leichter Biergeruch hing in der Luft.

Der Pater wollte eben den Lichtschalter betätigen, als seine rechte Hand zu jucken begann. Ehe er sich versah, hatte er den Telefonhörer am Ohr und drückte die Taste für Wahlwiederholung.

›Welcome, this is Megawinn Company Monaco. We are busy for you, please wait …‹

Pius knallte den Hörer auf die Gabel, als ob das Plastikteil brennen würde. Der Pater schnalzte mit der Zunge – und endlich rutschte die Nuss zwischen den Backenzähnen heraus.

Radio Donauwelle, euer Sender für den Kreis Tuttlingen! Hallo, Nachtschwärmer, ich bin's wieder, eure Nachteule Regina! Heute ein bisschen später, dafür ausgeschlafen.

Aus der Donaumetropole erreicht uns ein Fax von Frau Welke, deren Hund Sissi heute früh ausgebüxt war. Frau Welke bedankt sich bei allen Hörern, die nach der Pudeldame gesucht haben. Für Sissi und alle Hunde da draußen, die noch nicht im Körbchen liegen: ›Cats in the Cradle‹ von Ugly Kid Joe!

Nachdem Pius die benutzten Gläser in die auf Hochglanz polierte Küche gebracht hatte, fühlte er sich hellwach. Er wusste, dass er jetzt keine Ruhe und schon gar keinen Schlaf finden würde. Also ging er zum Hinterausgang, schnappte sich eine der Strickjacken, die dort für alle zugänglich am Haken hingen, und trat hinaus in die Nacht. Der Himmel war sternenklar und wieder einmal beglückwünschte der Pater sich selbst, dass er hier, auf dem Dreifaltigkeitsberg, leben durfte. Nur an wenigen Orten in Deutschland hatte man solch einen Blick auf den nächtlichen Sternenhimmel. Pius ließ seinen Blick schweifen und erkannte die Venus, den großen Wagen. Der Mond hing als fahlgelbe Sichel am Firmament.

Mit raschen Schritten ging der Pater zur Kirche und schloss das Seitenportal auf. Die schwere Tür knarzte, als er hineinschlüpfte. Blasses Mondlicht fiel durch die Buntglasscheiben, doch Pius hätte seinen Weg auch im Stockdunklen gefunden. Behände stieg er die Holztreppe zur Empore hinauf. Schob sich hinter die Orgel und tastete mit der Hand unter den mächtigen Pfeifen entlang. Kühl fühlte er den Schlüssel unter seinen Fingern.

Verborgen hinter dem massigen Kircheninstrument befand sich jene Tür, die zum Turm führte. Von unten, von den Bänken aus, war der Zugang nicht zu sehen. Nur wenige kannten den Weg zum Turm. Pius schloss die Tür auf und folgte den ausgetretenen Stufen der Wendeltreppe nach oben. Durch eine weitere Tür trat er auf den schmalen Balkon, der rund um die Spitze führte. Hier oben blies ein eiskalter Wind. Wie kleine Nadelspitzen bohrte sich die Kälte in seine Wangen.

Pius ließ den Blick schweifen. Irgendwo dort hinten, im Dunkeln, lagen die Alpen. Unten im Städtchen waren kaum noch Lichter zu sehen. Einzig die gelben Straßenlaternen zeichneten ein Bild der Stadt, die sich schlafend ins Gelände zu kuscheln schien. Mit einem Mal aber stockte Pius – hinter den Sportanlagen war Flutlicht eingeschaltet.

»Wer spielt denn jetzt noch Fußball?«, murmelte der Pater und griff in eine Maueröffnung. Sicher verstaut in einem Lederetui lagerten die Patres hier ein Fernglas. Sie kamen gerne auf den Turm, besonders abends, wenn die rote Sonne die Gipfel der Alpen zum Glühen brachte.

Pius hielt sich das Glas vor die Nase und fixierte die helle Lichtquelle. Nein, auf dem Fußballplatz war es dunkel – das Licht kam von weiter links … von der Baustelle des Freibades. Dort, wo einst das Grottenloch gewesen war, hatten die Spaichinger kurz nach dem Krieg ein Freibad gebaut. Das allerdings war längst in die Jahre gekommen und hatte eine Sanierung dringend notwendig. Bereits zum zweiten Mal war das Bad nun eine Saison lang geschlossen gewesen, aus Sicherheitsgründen. Im kommenden Sommer sollten zwei neue Becken und Spaßrutschen wieder Badegäste anlocken.

Pius erkannte Bagger, die am Rande einer großen Grube standen. Hier würde das größere der beiden Becken entstehen. Über die Zufahrt entlang des Sportgeländes rollten drei Lastwagen heran. Pius beugte sich weiter über die Brüstung – doch als er an Engels Fall dachte, zuckte er zurück. Der Pater sog scharf die kalte Luft ein. Seine Nase begann zu kribbeln und seine eiskalten Ohren schmerzten.

Der erste Laster rollte rückwärts an die Grube. Der Fahrer sprang heraus und im selben Moment öffnete sich die Tür des Baucontainers. Ein zweiter Mann trat an die Grube. Gemeinsam schlugen sie die Plane zurück. Dann hastete der eine hinter den Container. Wenige Augenblicke später rollte ein Gabelstapler zum Lastwagen. Pius sah, dass der Stapler ein Fass auflud. Ein gelbes Fass. Das grelle Flutlicht beleuchtete die Baustelle – und Pius riss verwundert die Augen hinter dem Fernglas auf: Ein Fass nach dem anderen wurde abgeladen und in die Grube gekarrt.

Eine knappe Viertelstunde später wiederholte sich das

Schauspiel mit dem zweiten Lastwagen. Der Fahrer des ersten stand rauchend neben der Grube. Pius fröstelte und seine Finger, längst klamm vor Kälte, schienen am Fernglas festgefroren.

Dann rollte der dritte Lkw an die Schwimmbadgrube. Die Ladefläche wurde schräg gestellt. Sand oder Kies oder was auch immer rutschten in die Grube. Eine Staubwolke stieg auf und verwehrte dem Pater die Sicht. Als der Staub sich gelegt hatte, sah Pius, dass zwei der drei Laster verschwunden waren. In der Grube meinte er Gestalten zu erkennen, die mit Schaufeln den Dreck über die Fässer warfen. Pius nieste, verstaute das Fernglas in der Mauernische und verließ den Turm. Jetzt hatte er nur noch zwei Wünsche: ein stilles Abendgebet und seine warme Decke.

TAG 3

Radio Donauwelle, euer Sender für Tuttlingen und den ganzen Landkreis. Mein Name ist Steven und ich bin heute wieder den ganzen Vormittag für euch am Mikro. Kollege Tom und eure Mittagsfrau Katja berichten nachher live aus Spaichingen von der Beerdigung des Bürgermeisters. Außerdem schalten wir zu Thorben Fischer. Der Kommissar wird euch auf den neuesten Stand der Ermittlungen bringen.

Ein Hinweis aus unserer Wetterredaktion: Nehmt die Schirme mit, wenn ihr zur Arbeit geht – das Wetter da draußen verheißt nichts Gutes.

Vor dem Verkehrshinweis lässt euch unser Werbepartner Optik Gebrüder Karl wissen, dass heute und morgen auf Gleitsichtgläser zehn Prozent Rabatt geboten werden. Die Rabattaktion für die Fassungen, die kostenlosen Brillenetuis, Brezeln und den Sehtest gibt es natürlich weiterhin.

Jetzt zum Verkehr: Nichts los. Kein Stau, kein Blitzer. Deshalb umso schneller ein Wachmacherhit für euch: Mike and the Mechanics servieren den Donauwelle-Hörern jetzt ›Another Cup of Coffee‹.

Aus der Tasse stieg Dampf auf. Leise, als würde sie schweben, hatte Frau Haller den frisch gebrühten Kaffee vor Verena Hälble auf den Schreibtisch gestellt. Die Kommissarin biss genussvoll in eine Brezel und schlug den ›Bergboten‹ auf.

»Das gibt's doch nicht«, nuschelte sie beim ersten Blick auf die Spaichinger Lokalseite und spie hustend ein paar Brezelkrümel auf die Zeitung. Quer über alle sechs Spalten prangte in 72-Punkt-Größe die Überschrift: ›Mord in Spaichingen: Schultes tot!‹ Darunter sah Verena ein Foto von Bürgermeister Engel beim Spatenstich im Freibad, untertitelt mit: ›Das letzte Foto vom Verstorbenen.‹ In bester Boulevardmanier nahm der rasende Mike die Geschehnisse der letzten Tage unter die Lupe – die Familie des Bürgermeisters, die Querelen im Gemeinderat. Das Haus der Familie Engel mit den vor dem Eingang parkenden Streifenwagen war abgelichtet. Daneben ein etwas unscharfes Foto von Verena selbst bei der gestrigen Pressekonferenz. Die Kommissarin beugte sich näher über die Zeitung. Natürlich – Mike Ritter hatte genau in dem Moment abgedrückt, als sie zwar den Mund offen, die Augen aber halb geschlossen hatte.

»Nicht besonders gut getroffen, was, Frau Kollegin?«, kicherte Thorben Fischer und klopfte ihr zur Begrüßung auf den Rücken. Verena erschrak und hustete weitere Brezelkrümel aus.

»Nicht besonders pünktlich heute Morgen, was, Herr Kollege?«, konterte sie und bemerkte zu ihrer eigenen Überraschung ein angenehmes Kribbeln an der Stelle, die Fischer eben berührt hatte.

Der Kollege grinste und ließ sich auf seinen Schreibtischstuhl plumpsen.

»Wo gibt's denn hier frisch gebrühten Kaffee?«, fragte er und hielt angewidert seinen Automatenbecher von sich.

»Den gibt's für Kollegen, die pünktlich erscheinen!«,

zischte Verena und schüttelte sich unmerklich. Aber das Kribbeln blieb.

Fischer schniefte gekünstelt. »Schlechte Laune?«

»Nein, viel Arbeit.« Verena beugte sich demonstrativ über die Zeitung.

Thorbens Blick sog sich an ihren Locken fest. Er fragte sich, wie Verenas Haar wohl duftete. Mit einem Mal hatte er unbändige Lust, seine Nase in den Wuschelkopf zu stecken. Er knurrte leise. Eine winzige Meldung in der Zeitung kündigte an, dass heute mit den Betonarbeiten am Freibad begonnen würde. Trockenes Wetter vorausgesetzt. »Grrrrr, Frau Werwolf …«

Nur mit Mühe konnte Verena die aufsteigende Wut im Zaum halten. Die Bilder verschwammen vor ihren Augen. Wut? Warum war sie wütend? Die Kommissarin verstand sich selbst nicht recht. Vor ihrem inneren Auge tauchte das überschminkte Gesicht von der Sonnlein auf, die lächelnd neben Thorben die Hauptstraße entlang tippelte. Das ist albern!, schalt Verena sich selbst und linste zu ihrem Kollegen hinüber. Der hatte sich nun seinerseits in einen ganzen Stapel Zeitungen vertieft – die ›Stuttgarter Nachrichten‹ und die ›Stuttgarter Zeitung‹ berichteten ausführlich über den plötzlichen Tod des Cousins des Vorstandsvorsitzenden der Württemberger Kasse. ›Südkurier‹, ›Schwarzwälder Bote‹, ›Badisches Tagblatt‹. Überall war der tödliche Sturz des Spaichinger Bürgermeisters das Thema des Tages.

Thorben Fischer führte seinen rechten Zeigefinger zum Mund, benetzte ihn mit etwas Spucke und blätterte zur nächsten Seite.

Verena spürte ein Kribbeln im Bauch … »Meine Herren, dieser Lackaffe«, schalt sie sich halblaut selbst und spürte, wie ihre Ohren zu glühen begannen. Mit zitternden Händen langte sie nach dem Kaffeebecher.

»Das ist doch mal ein schönes Foto!«, lobte Fischer plötzlich und hielt seiner Kollegin den ›Zollern-Alb-Kurier‹ unter die Nase. »Sehr schön getroffen!«

Verena sah sich selbst auf dem Foto, geradewegs in die Kamera blickend, ernste Augen, aber ein sanftes Lächeln um den Mund. Ihre Ohren mussten feuerrot sein, dachte sie und war mehr als dankbar, als just in diesem Moment das Telefon klingelte. Brüsk wandte sie sich um und starrte, den Hörer in der Hand, an die Wand, die mit Karteikarten gepflastert war. Dass Thorben Fischer das Foto ausschnitt und in seiner Schublade verschwinden ließ, bekam sie nicht mit.

Radio Donauwelle, euer Steven am Mikro! Leute, bleibt dran, in der nächsten Stunde werden wir mit Jens-Uwe Engel sprechen. Den kennen die Älteren unter euch noch als Chef der Tuttlinger Sparkasse. Jetzt ist er in Stuttgart – und vielleicht kann er etwas Licht in den mysteriösen Tod seines Cousins bringen.

Unser Werbepartner Optik Gebrüder Karl startet heute eine Sonnenbrillen-Offensive. Okay, das Wetter ist grau, aber der nächste Sommer kommt bestimmt. Brillen von namhaften Designern gibt's bei Optik-Karl jetzt zu Outlet-Preisen. Sehtests, Frühstück und Etuis inklusive.

Unser Hörer Heinz aus Rietheim erinnert an das Schlacht-

fest im Vereinsheim der Kleintierzüchter am Wochenende. Gäste sind herzlich willkommen. Wie immer heißt es ›All you can eat‹.

Aus der Verkehrsredaktion wird ein Blitzer zwischen Aldingen und Schura gemeldet. Bitte runter vom Gas – und Lautsprecher aufdrehen. Euer Morgenmann Tom spielt für euch ›Sunglasses at Night‹ von Corey Hart!

Bruder Ortwin hatte fragend die Augenbrauen gehoben, als an diesem Morgen im Refektorium Rühreier mit Speck, Räucherlachs und frisch gepresster Orangensaft anstelle der üblichen Marmeladenbrote auf den Tisch kamen. Doch ein Blick von Bruder Johannes hatte ihn schweigen lassen – mit dem opulenten Frühstück wollte der Koch der Bruderschaft den Prior zumindest körperlich für den heutigen Tag stärken. Johannes hatte gehört, dass Pius die halbe Nacht in seiner Zelle auf und ab gewandert war. Fast hatte er gemeint, das Kratzen des Bleistiftes, mit welchem der Freund seine Notizen für die Totenmesse machte, durch die dicken Wände zu hören. Zwar hatte die Gemeinschaft fest installierte Computer in den Arbeitszimmern und insgesamt drei Laptops, doch Pius schrieb Predigten lieber von Hand. »Da muss ich vor dem Schreiben schon denken«, begründete er das. Gleichwohl schätzten die Patres die virtuelle Verbindung in die Welt. Internet sei Dank konnten sie in Sekundenschnelle Kontakt mit den Bruderhäusern aufnehmen, die über den ganzen Globus verstreut waren. Skype und ICQ waren im Kloster längst keine Fremdwörter mehr.

Pius saß an diesem Morgen mit tiefen Augenringen vor seinem üppig gefüllten Teller. Der Duft der knusprigen Speckscheiben stieg verführerisch in seine Nase und vertrieb den letzten Rest Müdigkeit. Erst gegen vier Uhr hatte er in einen unruhigen Schlaf gefunden. Der starke Kaffee schaffte es aber, die Fratzen seines Traumes zu vertreiben.

Bruder Sunil trat an das kleine Pult unter dem Kruzifix und schlug die Bibel auf. Mit starkem Akzent, aber fester Stimme las er aus den Korintherbriefen vor. Sunil hatte die Stelle aus dem 15. Vers mit Bedacht gewählt, schien sie ihm doch überaus tröstlich angesichts der Ereignisse der vergangenen Tage: »Es wird gesät verweslich und wird auferstehen unverweslich. Es wird gesät in Niedrigkeit und wird auferstehen in Herrlichkeit. Es wird gesät in Armseligkeit und wird auferstehen in Kraft. Es wird gesät ein natürlicher Leib und wird auferstehen ein geistlicher Leib.«

Pius hörte kaum zu. Als Sunil geendet hatte und ein Lächeln über das gebräunte Gesicht des Philippinen huschte, griff er beherzt zur Gabel. Das Rührei war perfekt. Dankbar nickte er Johannes über den Tisch hinweg zu. Der konnte ja nicht wissen, dass die Mutter damals dann und wann heimlich ein paar Eier abgezwackt hatte, um die hungrigen Jungen mit einer Extraportion Essen zu versorgen, wenn der Vater bei der Arbeit war. Diese Momente in der Küche waren für den kleinen Pius wie Weihnachten – und leider fast genauso selten.

Gestärkt trat er gegen zehn Uhr vor die Pforte. Pater Josef saß über Listen gebeugt an seinem Schreibtisch. Pius schickte einen ängstlichen Blick zum Telefon, doch Josef hatte offensichtlich nicht bemerkt, dass nächtliche Besucher an seinem Schreibtisch gewesen waren. Pius blieb einen Moment lang auf den Stufen stehen und sog die kühle Morgenluft tief in seine Lungen ein. Unten im Tal lagen noch Nebelschwaden, die Spaichingen wie eine Daunendecke umhüllten. Doch hier oben auf dem Berg war der stahlblaue Himmel zu sehen – es würde ein schöner Tag werden. Die Trauergäste konnten die Schirme zu Hause lassen.

Pius lenkte den Polo die Serpentinen hinunter ins Tal. Auf der Weide des Färberbauern standen träge die Kühe und bliesen weiße Dampfwolken aus den Mäulern. Einen Moment lang war Pius versucht, das Auto am Straßenrand zu parken und sich ans Gatter zu stellen. Der Prior liebte es, wenn die Kühe schwerfällig auf ihn zu trotteten, sich zwischen den Hörnern kraulen ließen und ihn mit der rauen Zunge an der Hand leckten. Doch ein Blick auf die Uhr im Cockpit zeigte ihm, dass er besser auf direktem Weg zur Aussegnungshalle fahren sollte. Die Stadtpfarrkirche, so hatte er beschieden, würde die Masse der Trauernden nicht aufnehmen können, von den Journalisten ganz zu schweigen.

Pius parkte hinter der verglasten Halle und war froh, dass er nicht wie Hunderte andere einen Parkplatz suchen musste. Die Hauptstraße war quasi verstopft und im Vorbeifahren hatte er gesehen, dass selbst der Parkplatz beim Primtalcenter komplett belegt war. Ganz bestimmt nicht mit Leuten, die zum Aldi wollten. Vor dem Gebäude, auf dem Friedhofsplatz, hatte die Stadtverwaltung eine große

Leinwand aufstellen lassen. Der Gottesdienst würde für all jene, die keinen Platz fanden, draußen übertragen werden. Am Rande hatte er mitbekommen, dass die Stadtverwaltung mit dem SWR verhandelt hatte, weil der Sender ohnehin mit einem Kamerateam vertreten sein würde. Die Beerdigung wurde allerdings, auf Wunsch der Witwe, nur in Ausschnitten gezeigt. Abendschau und Regional-TV würden in den Abendsendungen kurz berichten..

Pius nahm seine tiefschwarze Kutte aus dem Kofferraum. Die dicken Skisocken zwickten an seinen Waden und die lange Unterhose kniff ihm in den Po. »Wieso sterben die Leute eigentlich immer, wenn's so kalt ist?«, murmelte der Pater vor sich hin und ging zum Seiteneingang. Die Tür stand offen. Pius huschte ins Gebäude. Entlang des Flures waren vier Türen, drei davon geschlossen. Vor dem geöffneten Raum standen rechts und links der doppelflügeligen Tür Blumenbuketts. Pius warf einen kurzen Blick in den Aufbahrungsraum – Marlies Engel saß mit gebeugtem Rücken vor dem geschlossenen Sarg ihres Mannes. Hinter ihr stand Evelyne Engel und hatte eine Hand auf die Schulter der Witwe gelegt. Pius schlich vorbei und schlüpfte in jenes Zimmer, das als Sakristei diente.

Frieder Schmuck hantierte an der Soundanlage.

»Morgen, Pater Pius«, murmelte der Hausmeister in seinen nicht vorhandenen Bart.

»Guten Morgen, Frieder.« Pius warf die Kutte über einen Stuhl, schlüpfte aus seiner dicken Jacke, und streifte sich dann den schwarzen Habit über den dicken Rollkragenpullover.

»Hast du meine Rede mit den Anmerkungen zur Musik bekommen?«, fragte Pius, nur um irgendetwas zu sagen. Natürlich hatte Frieder die Mail bekommen – der Ausdruck der Trauerrede lag vor dem Hausmeister auf dem Mischpult, daneben ein Stapel CDs.

»Hmmm«, brummte Schmuck. »So viel Musik haben wir selten.« Meistens, erklärte Schmuck, komme dann doch ein Organist, aber die Orgel in der Aussegnungshalle gebe nun einmal keinen so vollen Klang wie die Dolby-Surround-Anlage.

»Der Kirchenchor singt ja auch noch«, sagte Pius und kramte sein Redemanuskript aus der Mappe. Ein Blick auf die Uhr zeigte ihm, dass er noch eine knappe Dreiviertelstunde Zeit hatte. »Ich sehe mal nach Frau Engel«, erklärte er Schmuck.

Der nickte stumm und griff nach einer CD.

Das Bild im Abschiedsraum hatte sich nicht geändert. Als wären sie zwei Statuen, hatten die beiden Frauen in ihrer Pose verharrt. Pius räusperte sich und klopfte leise gegen die Tür. Langsam, fast wie in Zeitlupe, drehten die beiden Damen die Köpfe.

»Grüß Gott«, flüsterte Evelyne. Der kleine schwarze Hut mit dem angedeuteten Schleier saß schief auf den frisch gewellten Locken. Das Seidenkostüm raschelte, als die Bankersgattin dem Pater die Hand reichte. Die Finger steckten in schwarzen Handschuhen.

»Kann ich dich einen Moment alleine lassen?«, fragte Evelyne Engel die Witwe. »Ich soll mich mit Jens-Uwe treffen, um die Stuttgarter Delegation zu begrüßen.«

Marlies Engel schloss die rot geränderten Augen und nickte stumm. Auf klackernden Absätzen rauschte Evelyne davon.

»Wie geht es Ihnen?«, fragte Pius und zog einen zweiten Stuhl neben den der Witwe.

Als Antwort erhielt er ein ersticktes Schluchzen. Marlies Engel knetete die im Schoß gefalteten Hände so stark, dass die Knöchel weiß hervortraten. Das schwarze Kostüm wirkte etwas zerknittert, und unter dem nach oben gerutschten Rock erkannte Pius eine kleine Laufmasche. Tröstend legte er seine Hand auf die der Witwe.

Schweigend starrten beide auf den Sarg. Minuten verstrichen, in denen Pius die roten Rosen im Sargbouquet zählte, er kam auf 50 Stück, die Maserung des Sarges betrachtete, sie als Eiche hell, massiv erkannte, und den rechts und links neben dem Sarg aufgestellten Kerzen, insgesamt zehn, beim Flackern zusah.

»Wollen Sie beten?«, fragte er schließlich.

Marlies Engel schüttelte stumm den Kopf. Dann räusperte sie sich und begann mit zitternder Stimme zu sprechen. »Ich durfte ihn nicht noch mal sehen. Der Sarg war schon geschlossen«, weinte sie und rang um Fassung. »Jetzt weiß ich nicht einmal, was sie ihm angezogen haben.« Marlies Engel schlug die Hände vors Gesicht. Die Wimperntusche war offenbar nicht wasserfest, denn kleine schwarze Linien zogen sich über die blassen Wangen der Trauernden.

»Und die ganze Zeit muss ich daran denken, wie er gefallen ist. Was hat er gedacht in seinem letzten Moment? Hatte er Angst? Ich sehe immer dieses Bild, das schwarze Nichts, und er fällt und fällt«, Marlies presste eine Faust vor den Mund und unterdrückte einen Aufschrei. »Verstehen Sie? Das lässt mich nicht los, ich meine, ich höre immer das Geräusch, wenn sein Körper auf den Kies knallt.«

Pius legte einen Arm um die Witwe, deren Schultern von heftigem Schluchzen gebeutelt wurden. Was sollte er sagen? Dass ihr Mann nun geborgen in der Güte Gottes war? Dass er nichts gespürt hatte, sofort tot gewesen war? Das alles kam ihm so platt und nichtssagend vor. Pius schwieg und wartete, bis das Schluchzen leiser wurde.

Hinter ihnen waren gedämpfte Schritte zu hören. Pius wandte sich um. Die vier Sargträger, rekrutiert unter den stärksten Männern der Freiwilligen Feuerwehr, standen vor der Tür.

»Es wird Zeit«, flüsterte der Pater.

»Einen Moment noch, bitte«, hauchte Marlies Engel und stand auf. Mit zitternden Knien ging sie zum Sarg. Legte die Hand auf das Holz und strich zärtlich darüber. Zupfte an einer Rose, die sich ein wenig aufgerichtet hatte. Dann straffte sie die Schultern, wischte sich mit dem Handrücken die Tränen ab und nickte den Sargträgern zu. Hoch erhobenen Hauptes und mit verschlossener Miene verließ sie den kleinen Raum. Ihre Schritte waren fest und ausladend, als sie den Gang in der großen Halle entlangschritt.

Radio Donauwelle, euer Sender für Tuttlingen und den ganzen Landkreis. Wir schalten gleich live nach Spaichingen, wo Kollegin Anja für euch von der Beerdigung von

Manfred Engel berichten wird. Leider hat die Live-Schalte nicht geklappt, aber wir halten euch auf dem Laufenden, was die Ermittlungen zum mysteriösen Tod des Spaichinger Bürgermeisters angeht!

Unser Werbepartner Optik Suttner wünscht euch allen einen schönen Tag. Die Sonne hat es ja nun doch noch durch die Wolken geschafft. Passend zum Wetter bietet Optik Suttner Sonnenbrillen in eurer Sehstärke, und zwar kostenlos beim Kauf einer Brille aus der Rabattaktion.

Unser Verkehrszentrum meldet: In Spaichingen läuft der Verkehr über die Hauptstraße nur stockend. Die neue Ampelanlage auf Höhe der Alten Halle ist ausgefallen, der Rückstau reicht in der einen Richtung bis Aldingen und in der anderen bis Balgheim. Außerdem sind im Stadtgebiet alle Parkplätze belegt.

Und hier kommt ein Musikwunsch von Hörer Walter aus Neuhausen. Er ist mit seinem Lkw unterwegs auf der A81 und grüßt seine Kollegen von der Baufirma mit ›Perfect Blue Buildings‹ von den Counting Crows.

Verena und Thorben hatten es nur mit Mühe geschafft, sich durch die Massen der schwarz gekleideten Trauergäste bis in die Aussegnungshalle hindurchzuzwängen. Wieder und wieder hatte die Kommissarin ihren Dienstausweis gezückt, um sich zwischen den plaudernden Menschen einen Weg zu bahnen. Spannung lag in der Luft, und obwohl die Trauergäste nur tuschelten, hatte es beinahe den Anschein, als würden sie ein fröhliches Fest besuchen. Hier und da war leises Lachen zu hören, der neueste Tratsch wurde ausgetauscht und natürlich wollte jeder mehr und andere Details zum Tod des Bürgermeisters wissen als der andere.

Die Kommissare stellten sich ganz hinten an die Wand – freie Sitzplätze waren in der Kapelle keine mehr zu bekommen. Verena verstaute den Dienstausweis in ihrer Daunenjacke. Verstohlen blickte Thorben Fischer zu ihr hinüber, als der frische Duft ihres Deodorants ihm in die Nase stieg.

Sie hat schöne Haare, dachte er und rief sich gleich darauf zur Räson. Himmel – das ist meine Chefin!

Verena stellte sich auf die Zehenspitzen und versuchte, die Hinterköpfe der Trauergemeinde Namen und Gesichtern zuzuordnen. In der ersten Reihe hatten die Witwe, Jens-Uwe Engel nebst Gattin und eine Reihe ihr unbekannter Herren und Damen mit grauen Haaren Platz genommen. Verena entdeckte Bärbel, die inmitten der Trauernden saß, und sich wieder und wieder mit einem längst zerfledderten Taschentuch über das Gesicht wischte. Sie sah Gemeinderäte, den rasenden Mike und Heidi Hafen.

»Ach du Scheiße«, zischte sie, ein wenig zu laut. Zwei alte Trauerdohlen wandten sich um und blickten die Kommissarin missbilligend an.

»Wir haben den Hafen vergessen!«

Thorben Fischer wurde blass um die Nase. »Aber ich dachte, wir hätten ihn …«

»Entlassen? Nein, verdammt, der sitzt immer noch.« Verenas Wangen leuchteten. Was Fischer sexy fand. Am liebsten hätte er sie geküsst. Oder wenigstens gestreichelt.

»Dann muss er wohl weiter sitzen, wir lassen ihn nachher laufen«, flüsterte er und legte Verena beruhigend eine Hand auf die Schulter. Der rote Stoff ihrer Daunenjacke knisterte leise, wurde aber im selben Moment vom Einsetzen der Musik übertönt. Schumanns Wiegenlied schwoll aus den Lautsprechern. Thorben ließ seine Hand, wo sie war. Hinter Verena und Fischer öffnete sich die Doppeltür. Pater Pius, gekleidet in eine frisch gesteifte schwarze Kutte, betrat mit langsamen Schritten die Kapelle. Hinter ihm wurde der Sarg von den vier Männern der freiwilligen Feuerwehr Spaichingen hereingeschoben. An den blauen Uniformen hatten sie schwarze Armbinden angebracht.

Die Blumen auf dem Sarg wippten sachte mit den Köpfen, als der Sarg durch den Mittelgang gerollt wurde. Die Trauergäste standen auf und wandten sich um. Verena starrte direkt in das vom Weinen aufgequollene Gesicht von Bärbel. Stumm nickte sie ihr zu, doch die Wirtin versteckte ihre Augen hinter einem Taschentuch.

Als wäre dieser Gang viele Male geprobt worden, bugsierten die Floriansjünger in ihren frisch gereinigten, dunkelblauen Uniformen den Sarg nach vorne, brachten ihn in Position und verneigten sich mit den letzten Tönen des – wie Thorben fand – abscheulichen Liedes. Pater Pius trat an den Altar, den Rücken der Gemeinde zugewandt. Einige Momente lang herrschte absolute Stille in der Halle. Dann wandte der Pater sich um und bedeutete mit einem Kopfnicken, dass die Trauergäste sich setzen konnten. Scharren. Gemurmel. Wieder Stille.

Verena sah, dass es Pius schwerfiel, zu sprechen. Lange,

fast zu lange, sah er schweigend erst die Witwe, dann den Sarg, dann wieder die Witwe an. Schließlich räusperte er sich, griff nach dem Holzkreuz, das über seiner Brust baumelte, und begann zu reden. Mit leiser Stimme erst, doch dann wurde seine Rede flüssiger. Lauter. Und tröstlicher.

Verena machte Fischer ein Zeichen. Der seufzte leise und nahm seine Hand von ihrer Schulter. Verena tat, als sei das alles völlig normal, und schaffte es tatsächlich, das Kribbeln in ihrem Bauch hinter dem professionellen Gesichtsausdruck zu verbergen. So leise sie konnten, schlichen die Kommissare hinaus. Draußen, unter der riesigen Leinwand, standen schweigend all jene Bürger beisammen, die keinen Platz in der Kapelle gefunden hatten. Die Kommissare schlängelten sich an der Friedhofsmauer und der Lourdes-Grotte – einer für Fischer geschmacklich kaum zu überbietend hässlichen künstlichen Minihöhle mit Marienstatue darin, die Verena wiederum ganz bezaubernd fand – vorbei zum Parkplatz.

»Wir fahren schon mal ins Lokal«, beschied Verena und gab Gas. »Zu blöd, dass die Beweise nicht ausreichen«, murmelte sie.

Drei Minuten und 14 Sekunden, schätzte sie, würden sie brauchen. Das Nusshörnchen, das sie auslobte, löste sich allerdings beim Einbiegen auf die Hauptstraße in Krümel auf: Nur mit der sprichwörtlichen Brechstange gelang es der Kommissarin, das Auto in den beinahe stehenden Verkehr einzufädeln. Im Schritttempo klebten sie hinter einem Wohnwagengespann aus Holland. Verena lag ein Scherz über die nimmermüden Camper auf der Zunge, die auch im Winter Richtung Bodensee gondelten. Thorben sprach kein Wort, sondern starrte aus dem Beifahrerfenster. Verenas Hand wollte ihm durch die Haare wuscheln, aber sie verbat sich jeden privaten Gedanken.

Fischer schielte aus den Augenwinkeln zu Verena, die konzentriert den Wohnwagen vor sich anstarrte. Er registrierte ein Ziehen in seiner Lendengegend, das da angesichts seiner Chefin eigentlich nicht hingehörte.

Trotzdem – er strahlte Verena an, als sie den Wagen auf die Hauptstraße lenkte und schließlich über den Schleichweg der parallel verlaufenden Hindenburgstraße das Gasthaus ›Löwen‹ ansteuerte. Dort, im großen Festsaal, der sonst Hochzeiten und Fasnetsveranstaltungen beherbergte, sollte der Leichenschmaus stattfinden. Die Grablegung selbst würde auf Wunsch der Witwe an einem nicht bekannten Termin im engsten Familienkreis stattfinden – sehr zur Erleichterung des Friedhofsgärtners, der schon die Massen über die Gräber hatte trampeln sehen.

»Die müssten so in einer halben Stunde hier sein«, sagte Verena mit Blick auf die Uhr.

»Wir können ja schon mal reingehen und einen Kaffee trinken«, schlug Fischer vor. »Und was Kleines essen, ich lade dich ein.«

Erstaunt blickte Verena ihren Kollegen an – und war noch erstaunter, als sie das kindliche Blitzen in seinen Augen entdeckte. Hatte Thorben Fischer schon immer dieses umwerfende Lächeln gehabt? Mit Ach und Krach quetschte Verena den Wagen in eine halbe Parklücke. Sie hatte gesehen, dass die Ordnungsbeamtin bei der Trauerfeier gewesen war – einen Strafzettel hatte sie heute sicher nicht zu befürchten.

Radio Donauwelle mit eurem Tom am Mikro! Ja, Leute, auch heute ist alles wieder ein bisschen anders: Eure Mittagsfrau Anja kommt per Telefon ins Studio und wird von der Beerdigung des Spaichinger Bürgermeisters Manfred Engel berichten.

Bis dahin müsst ihr mit mir vorliebnehmen. Vielleicht tröstet euch ja der Blick aus dem Fenster: Für November ist es da draußen erstaunlich hell. Damit ihr nicht geblendet werdet, hat unser Werbepartner Optik Gebrüder Karl ein Angebot für euch: Sonnenbrillen namhafter Hersteller zum Outlet-Preis plus Gleitsichtgläser in eurer Sehstärke oben drauf.

Und noch ein Hinweis von unserem Werbepartner Optik Suttner: Die kostenlosen Brezeln sind im Moment nicht verfügbar, stattdessen serviert das freundliche Team zum Gratis-Sehtest Kaffee und Mohnschnecken. Die wünscht sich sicherlich auch unser Hörer Hartmut aus Krauchenwies, aber nicht nur für sich, sondern ganz besonders für seine bessere Hälfte Waltraud. Hier sind ›Sweets for my Sweet‹ von C.J.Lewis.

Pater Pius stieß die Rosine, die sich zwischen seinen Schneidezähnen verfangen hatte, mit der Zunge an. Den letzten Happen vom Hefezopf spülte er mit lauwarmem Kaffee aus der Pumpkanne hinunter. Wie er diese Plörre hasste – nie heiß, immer bitter und stets dünn wie zweimal aufgebrühter Beuteltee. Im Stillen dankte der Pater seinem Herrn für die Erfindung der Vollautomaten.

Die Gespräche der Trauergäste, die den Saal im Gasthaus ›Löwen‹ bis auf den letzten Platz belegten, drangen wie Rauschen an seine Ohren. Dann und wann war unterdrücktes Lachen zu hören und die ersten zaghaften Bier- und Vierteles-Bestellungen wurden getätigt. Die Bedienungen huschten zwischen den Reihen entlang, tauschten leere Thermoskannen gegen volle, tafelten einen Hefezopf nach dem anderen auf. Ein Wurstbrot wäre dem Pater lieber gewesen, aber es gab einzig und allein den obligatorischen Hefezopf. Nur der Herr allein wusste, warum ausgerechnet das süße Gebäck Leichenschmaus-Verköstigung Nummer eins war. Immerhin wurde heute Butter dazu serviert.

Pius saß einen Tisch von der Witwe und dem Cousin des Verstorbenen entfernt. Eigentlich hätte der Pater direkt neben Marlies Engel sitzen sollen, doch Mike Ritter hatte sich, ohne auf Konventionen zu achten, an den Tisch der Prominenz gehockt. Pius war dem Lokalreporter nicht böse – die Trauerrede hatte ihn ausgelaugt und er verstand den rasenden Mike: Wahrscheinlich war das die Story seines Lebens.

Jens-Uwe Engel war sichtlich mitgenommen von der Rede, die er gehalten hatte, und bestimmt ein bisschen von der vergangenen Nacht. Der Banker hatte ergreifende Worte gewählt, um sich von Manfred Engel zu verabschieden. Besonders ein Satz war dem Pater und den meisten Trauergästen zu Herzen gegangen: ›Manfred, ich danke dir für deine Liebe und deine Kameradschaft – wo auch immer du jetzt bist, mach es gut dort‹. Engel waren Tränen in die Augen getreten – ein Anblick, der am Abend im Großformat über alle Sender gehen und in den Gazetten breit und in Farbe ausgeschlachtet werden würde.

Pius schüttelte die Krümel von seiner Kutte und erhob sich mit einem entschuldigenden Kopfnicken, als wolle er nur eben schnell zur Toilette gehen. Er wusste, dass es unhöflich war, sich einfach so aus dem Staub zu machen, aber der Pater hatte weder die Energie noch die Lust, sich auf eine große Abschiedsrunde durch den Saal zu begeben. Mit gesenktem Kopf, als sei er in ein stummes Gebet versunken, bahnte er sich seinen Weg durch die Kaffeetrinker Richtung Ausgang. Doch statt nach links zu den Toiletten abzubiegen, ging er nach rechts, stieß die Eingangstür auf und trat ins Freie. Pius atmete tief die frische, kühle Luft ein. Der feine Nieselregen benetzte sein Gesicht. Dünne Nebelschwaden wogten um seine Nase. Nebel? Moment – Zigarettenrauch!

Unter dem Vordach stand Evelyne Engel, halb verborgen hinter einer mannshohen Konifere, die in einem altbackenen Tontopf ihr Dasein fristete.

»Na, wollen Sie auch ein bisschen frische Luft schnappen?« Evelyne Engel hielt Pius ein Päckchen Marlboro entgegen. Der Pater schüttelte stumm den Kopf.

»Ich weiß, es ist ungesund.« Evelyne Engel zuckte mit den Schultern. »Aber ich brauch das jetzt.«

Pius sah, dass ihre Hände zitterten. Er trat einen Schritt näher. Evelyne klopfte die Asche von der Kippe und blies

Rauch in die Luft. Ihr Lippenstift war in den Mundwinkeln ein wenig verschmiert und die Bluse zerknittert. Alles in allem wirkte die Gattin des obersten Landesbankers etwas derangiert, wie sie so an der grob verputzten Hauswand lehnte.

»Geht es Ihnen nicht gut?«, fragte Pius, mehr aus Pflichtgefühl, denn aus echtem Interesse. Langsam reute es ihn, dass er nicht tatsächlich zu den Toiletten gegangen war, denn ein gewisses Bedürfnis meldete sich langsam, aber dringend an. Als Evelyne Engel ihm antwortete, bereute der Pater es noch mehr, dass er nicht auf dem Klo saß.

»Sie sind doch zum Schweigen verpflichtet?«

Pius nickte ergeben und Evelyne neigte ihm den Kopf zu. Tränen stiegen ihr in die Augen, als sie hastig einen letzten Zug nahm und dann die Zigarette in hohem Bogen auf den Asphalt schnippte.

»Ich … wie soll ich sagen … fühle mich … wie die Witwe«, presste sie hervor.

»Sie sind traurig«, sagte Pius und dachte an seine Blase, die sich von Sekunde zu Sekunde mehr füllte, dem Wirtshauskaffee sei Dank.

»Ja, aber ich trauere nicht um einen Verwandten, nicht nur«, sagte die Engel und wischte sich mit spitzen Fingern unter den Augen herum. Die schwarze Wimperntusche klebte an ihren Fingerkuppen. »Ich habe Manfred geliebt. Anders, als ich ihn hätte lieben sollen.«

Pius schluckte trocken. Sein gequälter Gesichtsausdruck rührte von seinen Eingeweiden her, doch die Engel dachte, sie sei der Grund.

»Bitte entschuldigen Sie, wenn ich Ihnen das so sage. Aber es ist Jahre her, vor unserer Heirat. Jens-Uwe wusste davon, aber er nahm es nicht so wichtig, wir waren ja beinahe noch Kinder. Doch so ganz habe ich nie aufgehört, Manfred zu lieben.« Evelyne stockte und schniefte.

Pius legte ihr die Hand auf die Schulter. »Es ist schon gut«, haspelte er und ließ die Bankiersgattin kurzerhand stehen. Er hatte keine Lust auf eine Beichte zwischen Tür und Angel – und seine Blase auch nicht.

Radio Donauwelle, euer Sender für den Kreis Tuttlingen mit Tom am Mikro!

Leute, ich bin noch ganz bewegt von Kollegin Anjas Bericht aus Spaichingen. Dass Jens-Uwe Engel, den wir Tuttlinger als knallharten Banker kennen, so viel Gefühl zeigen kann – Alle Achtung. Das stellt doch selbst die Beerdigung von Michael Jackson in den Schatten!

Apropos Schatten: ein Hinweis von Optik Gebrüder Karl, unserem Werbepartner. Sonnenbrillen in Gleitsichtqualität sowie eine kostenlose Reinigung von zwei Schmuckstücken eurer Wahl, ein Brillenetui, Tee, Kaffee und Sekt sowie die bereits laufende Rabattaktion stehen heute auf dem Programm.

In unserem Programm geht's nach dem Verkehrsfunk mit ›The Power of Good Bye‹ von Madonna weiter – ein Tribut von eurem Radio Donauwelle an alle da draußen, die einen lieben Menschen vermissen.

Autofahrer haben in der Ortsdurchfahrt Spaichingen wieder freie Fahrt. Runter vom Gas bitte bei Neuhausen aus Richtung Tuttlingen, in Höhe der alten Kaserne stehen beidseitig Blitzer.

Thorben Fischer wand sich auf seinem Bürostuhl. Schon während der kurzen Autofahrt vom Leichenschmaus in die Polizeidienststelle hatte Verena bemerkt, dass der Norddeutsche offensichtlich zum ersten Mal Bekanntschaft mit dem traditionellen schwäbischen Beerdigungs-Hefezopf gemacht hatte: Thorbens Kaldaunen blähten sich unter der Wirkung der Hefe offensichtlich auf und der Kollege bemühte sich nach Kräften, die Winde zurückzuhalten. Verena grinste in sich hinein. Irgendwann, das wusste sie, wurde ein heftiger Pups Thorben verlassen. Bis dahin aber gönnte sie ihm die Tortur. Schließlich sorgte er auf ganz andere Weise für Aufruhr in ihren Eingeweiden, ein Gefühl, das eigentlich nicht sein dürfte.

Schwungvoll setzte Verena ihre Unterschrift unter die Entlassungspapiere. Dann reichte sie diese über den Schreibtisch hinweg Thorben Fischer. Ein kurzer Gang zu den Arrestzellen würde ihm und seinem Darm sicher guttun. Weckerle hatte ja schon alles in die Wege geleitet und sogar einen Einwegrasierer, eine schwarze Krawatte aus dem Fasnetsfundus der Polizei und Mundwasser besorgt. Ersteres und Letzteres hatte er beim Schlecker auf Verenas Kosten gekauft.

»Lass den Hafen frei«, bat sie. »So leid es mir tut und so gerne ich ihm einen Denkzettel verpassen würde – wir können ihn nicht länger festhalten.«

»Aus Mangel an Beweisen, schon klar«, entgegnete

Fischer und erhob sich. Im selben Moment fand der Pups den Ausgang und trat mit einem lauten Knall ins Freie. Thorben Fischer errötete.

»Prost«, entgegnete Verena trocken. »Der nächste Hefezopf wird harmloser, man gewöhnt sich dran.« Fischer stöhnte und machte auf der Hacke kehrt. Das gemurmelte »Blöde Schwaben« hörte Verena, die sich den Aktenstapeln zuwandte, nicht mehr.

Svenja am Abend grüßt alle Hörer! Hier ist Radio Donauwelle, euer Sender für den Kreis Tuttlingen.

Junge, Junge, das war wieder ein Tag. Hier im Sender geht's drunter und drüber. Morgenmann Steven ist schon ganz von der Rolle, mal sehen, ob er morgen überhaupt am Mikro sitzt.

Hier ein Hinweis an alle Autofahrer: Die Straße zwischen Spaichingen und Aldingen ist nach einem Unfall gesperrt. Es gibt eine örtliche Umleitung – und ausnahmsweise mal einen Kommentar zum Unfall: Da ist, wie uns Hörer Mario aus Trossingen mitteilt, ein Wohnwagengespann auf einen Ü-Wagen des SWR aufgefahren. Mario hat ins Studio gemailt: Dort steht Frau Sonnlein mit dem Mikrofon in der Hand und berichtet von ihrem eigenen Unfall. Na, Kollegin, wenn das mal nicht professionell ist! Wenn mir nächstes Mal ein Pfeiler ins Auto springt, dann berichte ich auch live, vielleicht überzeugt das meinen Versicherungsagenten.

Für ihn und für alle, deren Auto eine Delle hat, spiele ich ›Ich geb Gas, ich will Spaß‹ von Markus. Go for it!

Nicht einmal die in feine Scheiben geschnittene Schwarzwurst, dünn bestrichen mit extra scharfem Senf, schaffte es, die Sorgenfalten auf Pater Pius' Stirn zu glätten. Er bemerkte wohl, dass Bruder Johannes sich besondere Mühe gegeben hatte, das Vesper zuzubereiten. Doch seine Gedanken waren überall – nur nicht beim Schwarzbrot. Pater Wolfgang, der heute das Vorlesen während der Vesper übernahm, leierte mit so wenig Betonungen eine Passage aus dem Krimi von Monika Detering herunter, dass der Bielefelder Kommissar eher wie ein Schlafmittel auf die Patres wirkte. Pius wusste, dass sie nach und nach am Abend in die Bibliothek schleichen und jeder für sich noch einmal nachlesen würden, was Pater Wolfgang beim Vorlesen versaubeutelt hatte. Sie alle waren froh, als ihm nach drei Absätzen die Lust verging und er das eigentlich hochspannende Buch zuklappte.

»Sag, wie war die Beerdigung?« Nach zwei Scheiben Schwarzbrot und drei Essiggürkchen fasste Bruder Johannes sich ein Herz und sprach Pius an. »Arg schlimm?«

Pius piekte eine Silberzwiebel auf seine Gabel.

»Nun, schon«, sagte er.

»Nicht gerade gesprächig, unser Pater Pius, was?«, frotzelte Bruder Ortwin, der auf dem Heimweg vom Nachmittagsunterricht im Gymnasium die zahlreichen Limousinen und Fahrzeuge der Presse entlang des Friedhofs hatte parken sehen.

»Ich bin halt müde«, entgegnete Pius. Pater Josef schob ihm eine frisch geöffnete Flasche ›Hirschbräu‹ aus Wurmlingen über den Tisch zu. Dankbar füllte Pius sein Glas bis zur Hälfte, trank zwei große Schlucke, stieß leise auf und begann dann doch zu erzählen. Wie er so zu seinen Brüdern sprach, kehrten die Lebensgeister zu ihm zurück und er bemerkte wieder einmal, wie viel Kraft und Ruhe ihm die Gemeinschaft gab, in die Gott ihn geführt hatte. Pius fühlte sich geborgen – das war seine Familie.

»Und dann habe ich Frau Engel einfach so stehen lassen, obwohl ich spürte, dass sie das Gespräch suchte«, schloss er seine Erzählung. Einen Moment lang herrschte Schweigen, ehe Bruder Sunil sich zu Wort meldete.

»Dann geh doch gleich nach dem Abendbrot zu ihr«, schlug der Philippine vor. »Vielleicht wird es ihr helfen, noch vor dem Schlafengehen ihr Herz zu erleichtern.« Pius musste unwillkürlich lächeln ob der gestelzten Ausdrucksweise des Paters, der seine Deutschkenntnisse aus einem Kurs des Goetheinstitutes in Manila hatte.

»Mach das«, pflichtete Bruder Johannes ihm bei. Pius, der sich eigentlich am liebsten in seiner Zelle verkrochen und mit dem hölzernen Heiland an der Wand Zwiesprache gehalten hätte, machte sich also auf Anraten seiner Mitbrüder hin noch einmal auf den Weg ins Städtle. Der alte Volkswagen schien den Weg die Serpentinen hinunter von allein zu finden. Pius drehte das Radio lauter, als er aus dem Wald hinausfuhr und die Lichter der Stadt aus dem Nebel auftauchten. Den Rolling Stones konnte er nicht widerstehen und das sinnfreie Geplapper von ›Abend-Svenja‹ wirkte auf ihn wie ein Beruhigungsmittel.

Pünktlich zu den 20-Uhr-Nachrichten parkte er vor Bankier Engels Haus, einem imposanten Bau aus den 1980-

er-Jahren in der Gosheimer Straße, beste Halbhöhenlage. Neues zur Finanzkrise und Koalitionsplanungen in Berlin hörte er sich noch an, dann drehte er dem Sprecher im Donauwelle-Studio den Saft ab. Dass das Wetter auch morgen kühl und grau sein würde, wusste er selbst. Pius seufzte, stieg aus und klingelte wenig später an Engels Tür.

Ein Baum von einem Kerl öffnete keine drei Sekunden später die Pforte: Schultern so breit wie ein Bauernschrank, Hände groß wie Abortdeckel und ein Nacken, der jedem Stier Ehre machen würde. Das Muskelpaket steckte in einem zerknitterten schwarzen Anzug und hatte offensichtlich nicht die beste Laune. Unwillkürlich trat Pius einen Schritt zurück.

»Ja?« Mit dem Charme war das bei den Bodyguards offensichtlich so eine Sache – dieser hier jedenfalls war eher von der knurrigen Sorte.

»Ich würde gerne Frau Engel sprechen«, brachte Pius sein Anliegen vor. Automatisch griff er zum hölzernen Kreuz, das er stets um den Hals trug. Der Fleischklops verzog keine Miene in seinem bulligen Gesicht, trat aber zur Seite, um den Pater einzulassen.

»Frau Engel ist nicht da«, bekam Pius als Auskunft. »Aber Sie können ja mal warten, der Herr Vorstandsvorsitzende kommt gleich.« Der Klops wies Pius den Weg ins Wohnzimmer und verzog sich dann.

Der Pater seufzte und setzte sich in den Ohrensessel, der vor einer massiven Bücherwand drapiert war. Einige Minuten lang studierte er die Buchtitel. Von Thomas Mann über Heine und Goethe waren alle Klassiker vertreten, die meisten in einer gebundenen Clubausgabe. Dann ließ er den Blick schweifen über das Beistelltischchen mit den Familienfotos. Engel beim Angeln, Engel beim Wandern, Engel auf dem Fahrrad, und die Ölschinken an der Wand. Pius hatte keine Ahnung, wer die Bergidylle und den Almfrieden gemalt hatte – scheußlich fand er sie alle beide.

Auf dem Couchtisch entdeckte Pius eine geschliffene Schale, die mit einer Pralinenmischung gefüllt war. Zu gerne hätte er eine genascht, seine Nerven beruhigt. Doch seine gute Erziehung siegte und so stand er auf, leckte sich über die Lippen, schüttelte den Gedanken an die Pralinen ab und trat ans Fenster. Draußen herrschte stockfinstere Nacht. Pius sah sein eigenes Spiegelbild im Fenster: die etwas zu groß geratene Nase, das kräftige Kinn und die geschwungenen Augenbrauen. Wie oft hatte er diese Brauen als junger Mann verflucht – damals war er zwar noch kein Gottesmann gewesen und das Fluchen ihm somit leidlich gestattet. Doch die Form seiner Brauen gab seinem Gesicht den ständigen Ausdruck aufmerksamen Zuhörens – und mehr als einmal fühlten sich allein deswegen seine Mitmenschen eingeladen, ihm ihr Herz auszuschütten. Von wem er die Brauen geerbt hatte, wusste keiner in der Familie. Pius tippte auf einen längst vergessenen Onkel, von dem kein Bild mehr existierte.

Dieser Gedanke erinnerte den Pater an den Grund seines Besuches. Er wartete nun bestimmt schon eine Viertelstunde. Lange genug, wie er fand. Pius ging zur Schiebetür, die – das wusste er von vorangegangenen Besuchen – das Wohnzimmer vom Büro des Bankiers trennte. Eben wollte er die schweren Flügel auseinanderschieben, als er dahinter eine Stimme hörte.

»Ha no, guck …«, sagte Engel.

Pius grinste. Dem Wirtschaftsboss war offensichtlich der Wein vom Nachmittag zu Kopf gestiegen und hatte sich mit dem Restalkohol der letzten Nacht aufs Trefflichste vermischt. Engel hatte hörbar Mühe, seine Zunge ordnungsgemäß zu gebrauchen.

»Dashappichnichgesag«, tönte es von jenseits der Tür.

Pius hielt inne. Er wusste, dass er gehen sollte. Aber … er konnte es nicht. Irgendetwas hielt ihn auf seinem Posten. Entschuldigend strich er über das Holzkreuz, sandte ein kurzes Gebet gen Himmel und streckte das Ohr weiter ans Holz.

»Wenn das Wasser erst mal im Becken ist, dann interessiert das kein Schwein mehr, welche Schweinerei da drunterliegt.« Engel lachte und verschluckte sich dabei. Er hustete, kiekste und sprach dann weiter. »Hör mal, du wolltest deinen Müll loswerden und ich hab gesagt, dass ich das regle. Verdammt noch eins, der Beton ist schon drauf, das ist jetzt etwas zu spät für ein schlechtes Gewissen!«

Pius schauderte. Müll? Freibad? In welches Schlamassel war er jetzt wieder geraten?

»Spinnschjetztoderwas?« Engels Stimme überschlug sich beinahe, als er in den Telefonhörer schrie. »Dein Geld kriegsch du nicht wieder, ich hab meinen Teil erledigt und basta!«

Geld? Oh je. Pius krallte sich am Kreuz fest und trat auf leisen Sohlen den Rückzug an. Evelyne Engels Seelenheil hin oder her – der Pater brauchte jetzt erst einmal ein Gebet. Und ein Stück Schokolade: Nun griff er doch in die Schale aus böhmischem Glas.

Radio Donauwelle mit Nachteule Regina am Regler! Ihr Lieben da draußen, es ist kalt, nass und ungemütlich. Lasst uns kuscheln. Wie Hörerin Jutta Lunestedt aus Gosheim, die sich an einen ganz bestimmten Tag im Sommer erinnert, als sie mit ihrem Schatz Walter über das Klippeneck spaziert ist.

Ja, Leute, so ein Segelflug wär jetzt fein. Aber nicht bei dem Nieselregen, der hier ans Studiofenster regnet. Lassen wir uns gemeinsam von Sir Elton John mit seinem Titel ›High Flying Bird‹ entführen. Startet gut in die Nacht, ihr Lieben!

Als Pius wieder im Golf saß und ein paar Straßen weit gefahren war, wurde ihm flau im Magen. Sein Hirn rotierte: Schwimmbad, Beton und Müll, eine Zahlung an Jens-Uwe Engel … mit wem hatte Engel telefoniert? Hatte das alles etwas mit dem Tod des Bürgermeisters zu tun? Reimte Pius sich etwas mehr zusammen, als hinter dem betrunkenen Gefasel des Bankers steckte? Oder reichte seine Fantasie nicht aus, um die Tragweite des eben Gehörten zu erfassen?

So unklar die Lage war, so sicher wusste Pius, was er zu tun hatte. Automatisch lenkte er das Auto durch die menschenleeren Straßen Spaichingens. An der Hauptstraße bog er ab Richtung Trossingen. Kurz nach der Brücke, über die die ICE-Strecke nach Stuttgart führte, stellte er das Auto am Straßenrand ab. Der Umriss eines haushohen Holzkreuzes neben einer Ruhebank stach gegen den dunkelgrauen Nachthimmel. Der Pater konnte den Heiland da oben nicht erkennen, aber er spürte, dass sein Herr bei ihm war.

Pius setzte sich auf die Bank neben dem Holzkreuz. Sein Atem schickte weiße Wölkchen in die Luft. Er fröstelte.

»Ach Herr«, begann er. »Ich weiß, ich bin zu neugierig. Das alles geht mich gar nichts an. Wirklich, ich habe mich bemüht, mich auf meine Mission zu konzentrieren. Ich wollte ja als Seelsorger mit Frau Engel reden. Wo hast Du, Herr, sie nur hingeschickt heute Abend? Und warst Du es, der mich das Telefonat mithören ließ?« Pius hob fragend den Kopf. Dort, wo die Jesusfigur hing, schien mit einem Mal ein Lichtstrahl gegen das Holz. Pius lächelte, denn obwohl er ganz genau wusste, dass dieses Licht aus dem Fenster eines der gegenüberliegenden Häuser kommen musste, nahm er es gerne als Zeichen.

»Du meinst also auch, dass ich mich einmischen darf? Vielleicht sogar soll?« Das Licht erlosch. Der Nachbar hatte sich wohl zu Bett begeben. Pius aber spürte ein innerliches Leuchten. Natürlich! Er würde Verena informieren. Sollte sie sich mit Lug, Betrug, Bestechung und Mord auseinandersetzen. Er hatte sowieso zu lange gezögert; längst hätte er offen mit der Kommissarin reden sollen.

Pius ging zurück zum Wagen und klemmte sich hinter das Steuer. Während er im Handschuhfach kramte, plärrte Amy Winehouse aus dem Radio. Pius drehte am Regler, bis er auf SWR2 Klassik empfing. Das Konzert erkannte er nicht, aber die Musik beruhigte ihn. Endlich hatte er das Handy gefunden. Die Prepaidkarte wurde regelmäßig von den Patres aufgeladen – und sollte eigentlich nur im Notfall genutzt werden. Pius beschloss, dass dies ein solcher Fall war, und wählte die Privatnummer der Kommissarin, die sie ihm auf ihrer Visitenkarte notiert hatte.

TAG 4

Radio Donauwelle, guten Morgen, ihr Nachtschwärmer und Frühaufsteher! Es ist 5 Uhr und hier ist noch eine Stunde lang eure Nachteule Regina am Regler!

Unser Werbepartner Optik Suttner wünscht euch allen einen schönen Tag und erinnert euch an die Sonnenbrillenaktion. Außerdem wird in der kommenden Woche ein Hörgeräteakustiker im Laden sein und euch nach dem Sehtest kostenlos einen Hörtest anbieten.

Weiter geht's mit den Verkehrsmeldungen: Auf dem Autobahnzubringer Rottweil auf die A81 ist ein Lkw in die Leitplanken geraten. Verletzt wurde niemand, aber die Bergungsarbeiten dauern an. Laut Polizeibericht hatte der Lkw Gefahrgut geladen. Eine Umleitung ist eingerichtet.

Ich brauche jetzt erst mal eine Tasse Kaffee. Bis der Automat die Bohnen gemahlen hat, hört ihr da draußen die famosen Fanta Vier mit ›Tag am Meer‹, ein Hörerwunsch von Anja aus Spaichingen, die damit ihren Mann Ulrich und die ganze Rasselbande grüßt.

Als Bruder Ortwin, der in dieser Woche Weckdienst hatte, um kurz nach fünf an Pius' Zellentür klopfte, war der schon fix und fertig angezogen. Nach seinem gestrigen Telefonat mit Verena, die ihm erst den Kopf gewaschen und sich dann bei ihm bedankt hatte, fühlte er sich leicht und frei. Es war nun einmal nicht sein Job, sich um kriminelle Machenschaften zu kümmern. Zurück in seiner Zelle hatte er Ruhe im Gebet gefunden und einige Zeilen aus seinem Brevier hatten ihn sanft in einen traumlosen Schlaf gewiegt. Der Pater fühlte sich bereit, noch einmal den Weg zu Evelyne Engel zu gehen.

Pius sang voller Inbrunst die Choräle in der frühmorgendlichen Andacht. Und die Bibellesung geriet ihm und den Brüdern zur reinen Freude, sahen sie doch alle, wie erfüllt ihr Prior von der Liebe Gottes war. Und in der Tat – so sicher und voller Zuversicht hatte Pius sich seit Tagen nicht mehr gefühlt. Ihm war, als habe der tödliche Sturz des Bürgermeisters eine Zäsur in sein Leben geschnitten: So viele menschliche Abgründe hatte er in all den Jahren seiner Mission nicht erlebt. Sicher, nichts Menschliches war den Patres fremd – doch musste Pius zugeben, dass hier oben auf dem Dreifaltigkeitsberg ein anderes Leben herrschte als unten im Tal. Pius liebte die Ruhe, den Frieden und die Nähe zu seinem Gott. Er liebte dies alles umso mehr, nachdem er die letzten Tage im stillen Gebet hatte Revue passieren lassen.

Auch Bruder Johannes fühlte sich gesegnet an diesem Morgen – und zwar vom gesunden Appetit, den sein Freund Pius beim gemeinsamen Frühstück zeigte. Begeistert löffelte der Pater zwei genau auf den pflaumenweichen Punkt gekochte Eier aus, bestrich drei Scheiben Toastbrot fingerdick mit Marmelade aus den Himbeeren des Klostergartens und trank zwei Gläser frisch gepressten Orangensaft. Johannes lächelte still in sich hinein – der Küchenmeister der Gemeinschaft wusste, dass ein gutes Frühstück den Menschen einen guten Tag bescheren konnte. Fröhlich winkte er denn auch seinem Prior nach, als dieser kurz vor neun den VW aus der Garage zurücksetzte und ins Städtchen fuhr.

Radio Donauwelle, euer Sender für den Kreis Tuttlingen. Am Mikrofon ist euer Morgenmann Steven. Es ist kurz nach neun und hier kommt eine Nachricht von unserem Werbepartner, Optik Suttner: Das Geschäft ist heute bis 21 Uhr geöffnet. Ab 18 Uhr servieren die freundlichen Mitarbeiter allen, die zum kostenlosen Sehtest kommen, ein Speck-Vesper. Brillenetuis und Rabattaktionen auf alle Gläser inklusive.

Ein Hinweis aus der Verkehrsredaktion: Zwischen Wehingen und Gosheim liegen Paletten auf der Fahrbahn. Bis zur Räumung ist die Straße bergabwärts nur einspurig zu befahren.

In der Stadthalle Tuttlingen findet heute Abend die Aufführung ›Die lustige Witwe‹ der Opernkompanie Essen statt. Karten sind noch an der Abendkasse zum Preis von 28 Euro zu haben. Und alle Fans von Neuseeland kommen bei der Multivisions-Show der Volkshochschule ab 20 Uhr in der Sparkassenfiliale in Neuhausen auf ihre Kosten.

Fast aus Neuseeland kommt Kylie Minogue. Und die spielen wir jetzt mit ›Love at first Sight‹, einem Hörerwunsch von Andreas für Lothar, der außerhalb unseres Sendegebiets in Hamburg wohnt.

Um diese Zeit saßen Verena Hälble und Thorben Fischer bereits seit einer Stunde im Büro. Thorben, der selig von watteweichen roten Daunenjacken geträumt hatte, hatte frische Butterbrezeln mitgebracht und Verena informierte ihn zwischen knackigem Laugengebäck und starkem Kaffee von Pius' gestrigem Anruf. Und auch darüber, dass sie beim Bauhof – mit Segen der Staatsanwaltschaft – starkes Gerät bestellt hatte, um die frisch gegossene Betondecke beim Freibad wieder aufreißen zu lassen. Erst bei Anfahrt der Baumaschinen hatte sie telefonisch die Stadtverwaltung, und damit den stellvertretenden Bürgermeister Hafen, von der Aktion in Kenntnis gesetzt.

Thorben riss den Mund weit auf, als er das hörte. Doch noch ehe er einen Ton sagen konnte, schellte das Telefon auf Verenas Tisch. Grinsend hob sie ab.

»Guten Morgen, Herr Hafen«, trällerte sie.

Aus dem Hörer dröhnte ein stimmliches Krachen und Wummern. Thorben Fischer reimte sich zusammen, welche schwäbischen Schimpfwörter seine Kollegin gerade zu hören bekam. Verena ihrerseits lehnte sich bequem zurück, hielt den Hörer etwas weg vom Ohr und ließ »net ganz bacha«, »dr Schuß net ghört« und dergleichen über sich ergehen.

»Herr Hafen, Sie können mir viel erzählen«, unterbrach sie schließlich den Redeschwall. »Wenn Sie mögen, dann dürfen Sie auch gleich wieder den Koffer packen und Ihr Zimmer bei uns beziehen.«

Thorben Fischer verschluckte sich an einem Brezelkrümel und hustete hinter vorgehaltener Hand.

»Ihr Kollege muss gar nicht lachen, Frau Hälble«, brüllte Hafen. »Sie werden im ganzen Freibad keinen Müll finden.«

»So, das meinen Sie«, entgegnete die Kommissarin. »Wir werden es in weniger als einer Stunde wissen. Zuvor aber hab ich eine Frage, Herr Hafen: Von Ihrem privaten Anlage-Konto gingen 57.000 Euro ab. Zahlen lügen nicht und die Anfrage bei der Kreissparkasse auch nicht. Sind die Müllgebühren denn so teuer geworden?« Verena fand es schade, dass sie Hafens Gesicht nicht sehen konnte. Und war zugleich froh, dass er sie nicht sah – denn weder hatte sie eine Anfrage beim Geldinstitut gestartet noch konnte sie wissen, wie es um Hafens Finanzen stand. Verena knispelte an der Telefonschnur und hoffte, dass ihr Bluff ins Schwarze traf.

Am anderen Ende der Leitung herrschte Stille. Dann hörte Verena ein trockenes Schlucken.

»Sie können mir gar nichts«, presste Hafen schließlich hervor.

»Wenn Sie meinen«, entgegnete die Kommissarin. »Dann sehen wir uns in 45 Minuten am Freibad.«

Thorben Fischer seufzte. Er hatte keine Lust, schon wieder in den kalten Nieselregen hinaus zu müssen. Viel lieber säße er mit einer heißen Tasse Kaffee im Büro bei Verena, die, so schien es ihm, noch nie so strahlend ausgesehen hatte wie heute. Ob sein Traum sie unterbewusst erreicht hatte?

Radio Donauwelle, euer Sender für den Kreis Tuttlingen. Ich bin Steven, euer Morgenmann. Und ich habe eine Überraschung für euch: Unser Werbepartner Drogerie Maier verlost unter allen Hörern der Donauwelle heute Gutscheine für die Dufttage. Die ersten drei Hörer, die nach dem nächsten Song im Studio anrufen, bekommen je 100 Euro, mit denen sie nach Lust und Laune aus dem duften Sortiment einkaufen können. Also ran an die Telefone, die Leitungen sind frei nach ›Smell the Roses‹ von Natasha Bedingfield.

Unser Werbepartner Optik Gebrüder Karl lässt die Donauwelle-Hörer wissen, dass heute bis 22 Uhr geöffnet ist. Nach einem kostenlosen Sehtest könnt ihr dort gleich am Büffet essen. Für jede Dame gibt es obendrein eine Rose zur Begrüßung.

Als Pius am Haus von Bankier Engel läutete, fühlte er sich fast wie ein Freund des Hauses – schließlich war er ja eben erst hier gewesen. Und so freute er sich geradezu, als einer der mächtig breitschultrigen Bodyguards ihm die Tür öffnete.

»Guten Morgen«, grüßte Pius und lächelte.

»Moin«, brummte der Kerl im schwarzen Anzug.

»Ich hätte gerne Frau Engel gesprochen.«

»Die ist nicht da«, behauptete der Bodyguard und machte Anstalten, die Tür wieder zuzuknallen.

Pius streckte schnell seinen Fuß vor. Das Türblatt bremste schmerzhaft an seinen Zehen, aber Pius bewahrte Haltung. Obwohl er vor Schmerzen gerne ein kräftiges »Aua!« von sich gegeben hätte, blieb er ganz ruhig. Anders als sein Gegenüber.

»Himmelherrgott, Herr Pfarrer«, rief der Kerl. »Was soll das?«

»Wo kann ich denn Frau Engel finden?«, flötete Pius. Sein großer Zeh wummerte.

»Das weiß ich nicht, hier ist sie jedenfalls nicht, hören Sie nicht gut?« Offensichtlich hatte der Wachmann schlecht geschlafen.

»Und der Herr Vorstandsvorsitzende?«

»Ist auch nicht da.«

Pius glaubte dem Mann kein Wort. »Und was machen Sie dann hier, wenn Ihre Schützlinge beide ausgeflogen sind?« Pius bewegte vorsichtig den Zeh in seinem Schuh. Langsam ließ das Pochen nach. Nichts gebrochen, welch ein Glück.

»Ist mein freier Tag«, presste der Wächter zwischen den schiefen Zähnen hervor.

»Kann ich hier auf die beiden warten?« Pius versuchte, sich in den Hausflur zu schieben, doch der massige Kerl drängte ihn zurück.

»Nein!« Zack. Jetzt war es ihm doch gelungen, dem Pater die Tür vor der Nase zuzuknallen.

Pius machte auf dem Absatz kehrt und humpelte zum Wagen. Fuhr um die nächste Straßenecke, stieg wieder aus, zerrte sich den Schuh und den Socken vom Fuß und betrachtete minutenlang seinen Zeh, der auf doppelte Größe angeschwollen war und in tiefem Rot neben seinen käsebleichen Kollegen am Fuß hing.

Radio Donauwelle, euer Sender für Tuttlingen und den ganzen Landkreis! Ich bin euer Morgenmann Steven. Und ich habe eine schöne Aufgabe: Hermann aus Immendingen grüßt seine Frau Charlotte, mit der er auf den Tag genau 40 Jahre verheiratet ist. Hey, so alt bin ich noch nicht mal!

Hermann wünscht sich was von Frank Sinatra. Ich hab mal im Musikarchiv gegraben und denke, Charlotte wird sich über ›Cheek to Cheek‹ freuen. Tanzt mal durch die gute Stube, ihr zwei in Immendingen!

Jetzt noch ein Hinweis von einem neuen Werbepartner, dem Telefonhaus Call & Speak. Am kommenden Sonntag wird der Anbieter für Handys, I-Phones und günstige Verträge in der Königstraße eröffnen, und zwar im ehemaligen Telefonladen Kraus, genau zwischen Optik Suttner und Optik Gebrüder Karl. Zur Eröffnung seid ihr alle herzlich eingeladen!

Und jetzt mache ich den Äther frei für den großartigen, unvergessenen Mr. Frank Sinatra!

Noch ehe Thorben und Verena das Auto auf dem Firmenparkplatz der MBS – Metallbetriebe Spaichingen – geparkt hatten, war Thorbens Laune endgültig dahin: Der Parkplatz war eine einzige Matschkuhle und seine Füße steckten in hellbeigen Wildlederschuhen. Dort, wo im Sommer die Wagen der Freibadbesucher dicht an dicht parkten, war der Belag aufgebrochen worden, um die Leitungen zu vergrößern. Das neue Freibad sollte eine noch bessere Anbindung an die Fernwärme bekommen, welche aus dem Betrieb der MBS stammte. Fischers Schuhen – 199,90 Euro Ladenpreis, für 149,90 bei Ebay ersteigert – bekam die Baustelle allerdings weniger gut als den Freibadbesuchern, die sich auch an kühlen Frühlings- oder Herbsttagen über angenehm warmes Wasser freuen konnten.

Verena quittierte Thorbens Fluch, als dieser den ersten Schritt in den Matsch tat, mit einem breiten Grinsen. Aus dem Kofferraum zog sie ein paar Gummistiefel. »Tja, Herr Kollege, ich empfehle die Investition in solches Schuhwerk!«, flötete die Kommissarin und tauschte die gefütterten Wanderschuhe gegen die gelben Gummitreter. »Inklusive Innenschuh aus Schaffell«, setzte sie nach.

Fischer kniff die Augen zusammen. Schon jetzt hielten seine Schuhe nicht mehr dicht und seine Seidensocken sogen sich mit kaltem Matschwasser voll.

Thorben hielt sich die Hand vor die Nase, als wolle er niesen.

»Na, schon Schnupfen?«, frotzelte Verena. Dann zog sie eine Tüte mit dem Aufdruck ›Schuhhaus Hafen‹ aus dem Kofferraum und reichte sie Thorben. Einen winzigen Augenblick lang berührten sich ihre Fingerspitzen. Verena registrierte verblüfft, dass ihre Hormone in Schwung kamen. Thorben vergaß schlagartig seine ruinierten Designerschuhe. Sekundenlang schauten sich die beiden schweigend in die Augen. Thorben ging einen kleinen Schritt auf seine Kollegin zu.

»Jetzt Grüß Gott«, brüllte just in dieser Sekunde Mike Ritter.

Erschrocken drehte Verena sich um. Was wollte der Reporter hier?

»Geht aufs Haus«, murmelte Verena Thorben zu, der ein paar quietschgelbe Gummistiefel aus der Tüte zog. Er konnte ja nicht wissen, dass Verena die Stiefel mit mehr Herzklopfen als eigentlich erlaubt vor Dienstbeginn gekauft hatte.

»Ganz schön matschig, was?« Der rasende Mike, den Fotoapparat theatralisch am Gurt über der rechten Schulter tragend, klopfte Thorben auf die Schulter. Der nickte nur und machte sich schwankend und gegen den Wagen gelehnt daran, seine eiskalten Füße aus den nassen Schuhen und Socken zu schälen. Verena hatte ein Paar Lammfelleinlagen in den Stiefeln deponiert – was Thorben Fischer imponierte und sein Herz schneller schlagen ließ. Er mochte praktisch veranlagte Frauen – und er freute sich über die Geste wie ein Kind an Weihnachten.

»Ich hab gehört, hier wird rückwärts gebaut?« Mike Ritter deutete mit dem Kopf Richtung Schwimmbad.

Hinter dem Kassenhäuschen sah Verena einen Bagger und ein ihr unbekanntes Gerät – einen schweren Bohrmeißel, der selbst den stärksten Beton kleinkriegen konnte. »Wo gehört?«, entgegnete sie anstelle einer Antwort.

»Meine Vögelchen zwitschern hier und zwitschern dort«, sagte Ritter kryptisch und fummelte einen arg zerfledderten Schreibblock aus seiner Jackentasche. »Hat das alles was mit dem Ableben von Bürgermeister Engel zu tun?« Der Reporter zückte den Kugelschreiber.

»Aber selbstverständlich«, mischte Thorben sich ein. Die gelben Gummitreter machten schmatzende Geräusche, als er auf Ritter zutrat.

Verena stockte der Atem, wie zwei Tage zuvor auf der PK. Sie setzte gerade an, ihrem Kollegen das Wort zu verbieten, als dieser sagte: »Herr Engel wird umgebettet und hier seine letzte Ruhestätte finden. Er wollte ja unbedingt eine Seebestattung.«

Verena unterdrückte ein Lachen, als Mike Ritter wütend die Augen zusammenkniff.

»Verarschen kann ich mich allein«, brummte der Reporter.

»Und allein nach Hause gehen sicher auch«, entgegnete Thorben. »Hier gibt es wirklich nichts für Sie zu tun.«

»Ich hab' schon verstanden.« Ritter griff nach der Kamera und schoss im Rückwärtsgehen ein Foto von den beiden Kommissaren. Leider verpasste er die Gummistiefel um wenige Zentimeter.

»Das war gut«, lobte Verena, als sie mit Fischer zum Eingang stapfte.

Dort wurden sie bereits erwartet: Arthur Hafen trat hinter dem Kassenhäuschen hervor.

Hier ist Radio Donauwelle mit einer Eilmeldung aus dem Verkehrszentrum: Bei Möhringen hat sich eine Schafherde selbstständig gemacht und ist auf die Bundesstraße gerannt. Bitte umfahrt diesen Bereich vorsichtig, wir melden es, wenn die Schäfchen wieder im Trockenen sind! Weiter geht's mit den Black Sheep und ›Nobody knows‹.

Pius hatte Mühe, seinen lädierten Zeh sanft auf das Gas- oder Bremspedal zu stellen. Der Pater schickte ein Dankesgebet gen Himmel, als er endlich vor dem Haus von Marlies Engel ankam.

»Komisch, wie schnell das geht«, sagte er zu sich selbst. »Letzte Woche noch war das für alle das Haus des Bürgermeisters … Jetzt ist es nur noch das Haus von Frau

Engel. Wie schnell man sich an den Tod eines Menschen gewöhnt.«

Pius drehte den Motor ab und blieb einige Minuten im Wagen sitzen. Langsam beschlugen die Scheiben von innen. So in Nebel gehüllt erschien ihm die Welt da draußen mit einem Mal sehr weit entfernt. Pius spürte die wundervolle Nähe zu seinem Gott.

»Ach Herr, soll ich mich weiter einmischen?«, fragte der er laut. »Oder nicht? Ich meine, es geht doch hier um Seelsorge?« Pius, der keine Angst vor dem Tod hatte – erwartete ihn doch, so hoffte er inständig, ein Leben im Paradies – ließ die vergangenen Tage Revue passieren. Dann entschuldigte er sich wortreich bei seinem Herrn für die nicht gehaltenen Gebete und ausgefallenen Andachten, gelobte feierlich, dies mit dem Beten von 50 Rosenkränzen spätestens bei den nächsten Exerzitien wieder wettzumachen, und stieg aus.

Es dauerte fast fünf Minuten, ehe Marlies Engel ihm öffnete. Pius spürte die Novemberkälte, die seine Kleidung durchdrang. Das Gewicht auf den linken, schmerzfreien Fuß verlagert, harrte er vor der Haustür aus. Drinnen dudelte ein Radio, also musste jemand da sein.

»Ach, Sie sind es.« Marlies Engel schien nicht gerade begeistert zu sein vom Besuch des Paters. Hinter ihr entdeckte Pius im Flur aufgereiht drei große Koffer.

»Wollen Sie verreisen?«

»Wie?« Marlies Egel fuhr sich durch das Haar. »Ja, ach so, mal raus, Abstand gewinnen.«

»Darf ich kurz reinkommen?«

»Bitte«, antwortete die Witwe und ließ den Pater unwillig eintreten.

Erst jetzt fiel Pius auf, dass Frau Engel nicht in Schwarz gekleidet war. Nun gut, dachte er, jeder trauert anders.

»Ich wollte eigentlich zur anderen Frau Engel«, setzte er an.

»Evelyne ist nicht bei mir, da kann ich Ihnen auch nicht helfen«, sagte Marlies. Dann besann sie sich offensichtlich ihrer guten Kinderstube: »Möchten Sie eine Tasse Kaffee?«

»Sehr gerne.« Pius strahlte bei der Aussicht, sich in die weichen Sesselpolster fallen zu lassen und den malträtierten Zeh von sich strecken zu können. Und der Kaffee aus der neuen Maschine wäre sicher ein Gaumenschmaus.

»Ich komme gleich«, sagte Marlies Engel und dirigierte Pius ins Wohnzimmer.

Der Pater humpelte in die gute Stube. Auf dem Couchtisch türmten sich aufgeschlagene Aktenordner und lose Papiere. Fast die Hälfte der Couch war bedeckt mit Beileidskarten – keine einzige war geöffnet worden, alle steckten noch in den verschlossenen Umschlägen mit dem schwarzen Trauerrand. In der Küche ratterte das Mahlwerk des Vollautomaten. Pius schob vorsichtig einen Packen Blätter beiseite und stieß dabei mit dem Hintern an einen anderen Stapel. Raschelnd fiel das Papier zu Boden.

»Auch das noch«, stöhnte der Pater und bückte sich, um die Zettel wieder aufzuheben. Sein Blick fiel auf einen prallen Umschlag, aus dem die Ecke einer 500-Euro-Note herauslugte. Solch große Scheine bekamen sie da oben im

Kloster selten zu sehen. Pius griff nach dem Umschlag und linste hinein: Ein ganzer Packen 500er wog schwer in seinen Händen.

»Lassen Sie das sofort los.« Marlies Engels Stimme überschlug sich, als sie die Kaffeetasse auf den Esstisch knallte. Die schwarze Brühe schwappte über.

»Finger weg von meinen Sachen!«

Radio Donauwelle mit einer Eilmeldung aus unserer Verkehrszentrale: Zwischen Tuttlingen und Möhringen ist die Bundesstraße gesperrt, nachdem ein Lastwagen in eine Schafherde geraten ist. Wir melden es, wenn die Strecke wieder freigegeben wurde. So lange müsst ihr euch mit ›Hurt‹ von den Nine Inch Nails trösten.

»Halten Sie es für klug, hier aufzutauchen?«, herrschte Thorben Fischer Arthur Hafen an. Seine Laune hatte den Nullpunkt erreicht. So nah an Verena dran – und doch so weit weg. In seiner Stimme schwang mehr Kälte mit, als das Thermometer aktuell anzeigte.

»Ich habe nichts zu verbergen.« Der Schuhhändler reckte trotzig das Kinn vor.

»Was noch zu beweisen wäre«, entgegnete Verena und bahnte sich den Weg an Hafen vorbei. Der Lärm auf der Baustelle verstummte, als der Vorarbeiter die Kommissare anmarschieren sah. Der Bohrhammer kam tuckernd zum Stillstand. Verena lief zum ausbetonierten Schwimmbecken. Der Vorarbeiter und seine Männer nickten stumm und winkten zum Gruß. Dann schüttelte der Chef der

Truppe den Kopf. ›Nichts drin‹, verhieß seine Miene. Verena stockte der Atem. Langsam trat sie zum Rand des Beckens und blickte hinein. Alle 80 Zentimeter hatten die Arbeiter den Beton aufgesprengt. Die Bodenplatte sah aus wie ein löchriger grauer Käse.

»Do isch koin Müll net vergraba!«, rief der Mann, der den Bagger bediente. Verenas Knie begannen zu zittern. Wie, um Himmels willen, sollte sie die Zerstörung des Freibades rechtfertigen? Im Kopf überschlug sie die gewaltige Summe an Baukosten, die die Wiederherstellung der Betonplatte verursachen würde. Verena konnte nur auf das Verständnis und den Rückhalt aus Stuttgart hoffen – das Landeskriminalamt würde sich, das wusste sie, hinter sie stellen und die Sache mit der Spaichinger Verwaltung regeln. Dennoch ahnte sie, dass ein Anpfiff von oberster Stelle auf sie zukam.

Thorben Fischer trat so lautlos, wie es seine Gummistiefel zuließen, hinter seine Kollegin und legte ihr die Hand auf die Schulter. Verena wandte ihm den Kopf zu. In ihren Augen glänzten Tränen.

»Wir kriegen das schon wieder hin«, murmelte Fischer beruhigend. Und das glaubte Verena ihm in diesem Moment auch. Am liebsten hätte sie sich in seine Arme geworfen und das Gesicht in seinem weichen Mantel vergraben.

»Das war wohl nichts, Frau Kommissarin. Also, mir wäre das jetzt entsetzlich peinlich, Mädle.« Arthur Hafen stand am Rand des Beckens und lachte ein trockenes, dreckiges Lachen. »Das Becken ist jetzt Müll, aber drin war keiner, was?«

»Halten Sie den Mund!«, herrschte Thorben ihn an.

Hafen verstummte augenblicklich. Aus seiner Jackentasche zog er einige zu einer Rolle gedrehte Blätter. »Bitte schön, zur Kenntnis für die Akten«, sagte er, drückte Verena die Papiere in die Hand und machte auf dem Absatz kehrt.

Noch ehe der Schuhhändler aus dem Blickfeld war, hatten Verena und Thorben die Papiere überflogen: Arthur Hafen hatte von der Familie Engel ein Grundstück gekauft, das direkt an die Rückseite seines Ladens grenzte. Der Kaufpreis hatte exakt 57.000 Euro betragen, wovon der tote Bürgermeister laut Erbfolge 70 Prozent bekommen hatte. Der Bankier Engel musste sich mit etwas weniger Geld zufriedengeben, erhielt aber von Arthur Hafen direkt 5.000 Euro ›Beraterhonorar‹, hatte Hafen handschriftlich notiert und darunter: ›Schriftliche Eingabe des Ministeriums an den Gemeinderat zur Beschleunigung der Baugenehmigung.‹

»Das ist ja ein dicker Hund!«, rief Verena und blätterte weiter in den Papieren.

Neben dem Kaufvertrag hatte Arthur Hafen den Kommissaren noch einen Zettel in die Hand gedrückt: einen Auszug aus dem Handelsregister.

»Das gibt's nicht«, rief Verena, als sie das Blatt überflogen hatte. »Jens-Uwe Engel ist Mitinhaber eines Müllentsorgungsbetriebes!«

»Hoppala«, sagte Thorben und grinste. »Darf der das neben seinem Amt?«

»Dürfen darf der das schon«, entgegnete Verena. »Allerdings kommt es darauf an, von wem Herr Engel seine Aufträge erhält. So wie ich das sehe, kommen die meisten direkt aus dem Ministerium. Und das wiederum ist als Land Baden-Württemberg an der Württemberger Kasse beteiligt und damit sein Arbeitgeber.«

Thorben pfiff durch die Zähne. »Ich schätze mal, das ist ein Fall für die Kollegen vom Wirtschaftsdezernat.«

»Ganz genau«, bestätigte seine Kollegin. »Nur uns hilft das auch nicht weiter. Wir wissen immer noch nicht, wie und warum Manfred Engel vom Turm gefallen ist.« Verena machte kehrt.

Thorben wunderte sich, wie sie mit Gummistiefeln so schnell laufen konnte – er jedenfalls hatte alle Mühe, nicht hinzufallen. Die beiden hatten eben das Tor erreicht und wollten am Kiosk vorbei zum Parkplatz gehen, als ein greller Pfiff sie herumfahren ließ.

»Frau Kommissarin!«, brüllte der Baggerfahrer. »Kommed se schnell her, do hend se ebbes überseha!«

Wieder machten die beiden kehrt, diesmal in die Richtung aus der sie eben gekommen waren. Fast zeitgleich erreichten sie das leere Schwimmbecken und trauten ihren Augen nicht: Ganz am Rand lugte gelbes Metall unter dem aufgebrochenen Beton hervor.

»Na bitte!« Verena strahlte. »Da haben wir doch den Müll!«

Radio Donauwelle, euer Sender für Tuttlingen und den ganzen Landkreis. Ich bin euer Steven und hier kommt ein Hinweis von Optik Suttner, unserem Werbepartner: Die Filiale bleibt in der kommenden Woche geschlossen, um die Räume für die neue Abteilung für Hörgeräteakus-

tik einzurichten. Bis dahin gibt es bis zu 70 Prozent Rabatt auf das gesamte Sortiment.

Die bei Möhringen entlaufenen Schafe wurden alle wieder eingefangen und der verunglückte Lkw ist geborgen. Verletzt wurde übrigens niemand – weder der Fahrer des Lastwagens noch eines der Tiere.

Aus Wehingen erreicht uns der Hinweis unseres Hörers Max, der auf das Konzert der Musikfreunde am Wochenende hinweist. Der Eintritt ist umsonst, um Spenden für die Afrikahilfe wird gebeten. Wir machen weiter im Programm mit ›Africa Bamba‹ von Santana!

»Entschuldigung«, presste Pius hervor und legte den Umschlag zurück auf den Tisch. »Das ist mir aus Versehen runtergefallen.«

Marlies Engel sog tief die Luft ein. »Verzeihen Sie bitte«, sagte sie nun ihrerseits. »Ich bin etwas nervös.« Dann nahm sie die Kaffeetasse, holte eine zweite aus der Küche und machte es sich Pius gegenüber auf dem Sofa bequem. Der heiße Kaffee aus frisch gemahlenen Bohnen tat dem Pater gut. Sein Zeh pochte zwar gegen das Leder des Schuhs, doch langsam ließ der Schmerz nach.

»Sie wollen also ein paar Tage verreisen?«

»Länger, Pater«, entgegnete Marlies und lehnte sich zurück. »Für immer, um genau zu sein.«

Pius riss die Augen auf. Er hätte so einiges erwartet – nicht aber, dass eine derart heimatverbundene Frau wie Marlies Engel so mir nichts, dir nichts Spaichingen den Rücken kehrte.

»Und wohin geht die Reise?«, fragte er schließlich.

»Südamerika«, lautete die knappe Antwort. In Marlies Engels Augen war ein Blitzen zu sehen, das Pius mit einem Mal hellwach werden ließ.

»Haben Sie denn geregelt, wer sich um die Grabstätte Ihres Mannes kümmert? Sie wissen ja, dass unser Bruder Sunil solche Aufträge auch annimmt«, lächelte er und hoffte, die Engel so zum Reden zu bringen.

Und tatsächlich zeigte die Witwe eine heftige Reaktion – allerdings nicht die, die der Pater erwartet hatte. Marlies Engel nämlich sprang so schwungvoll auf, dass die feine Kaffeetasse vom Tisch kippte, über den beigefarbenen Teppich hüpfte und auf dem Fischbodenparkett in tausend Teile zersprang. Der restliche Kaffee floss in alle Richtungen und hinterließ dunkle Sprenkel auf dem beigen Sofa.

»Ich soll mich auch noch um das Grab von diesem Schuft kümmern?« Die Engel kreischte so laut, dass ihre Stimme sich überschlug. Ihre mit grünem Lidschatten umrahmten Augen drohten aus den Höhlen zu treten, als sie Pius wutentbrannt anstarrte.

Der Pater drückte sich tiefer in den Sessel. Mit allem hätte er gerechnet – aber nicht damit. Pius schickte ein Stoßgebet zum Himmel, doch befürchtete er, dass er in seiner Aufregung gedanklich stotterte und sein Gott ihn nicht richtig verstehen konnte.

»Hören Sie mal, als Mann Gottes haben Sie doch die Pflicht zu schweigen.« Marlies Engel rang mühsam um Fassung. Mit fahrigen Bewegungen strich sie ihren Rock glatt, der ebenfalls einige Kaffeeflecken abbekommen hatte. Sie schien es nicht zu bemerken.

Pius nickte stumm. In seinem Hals bildete sich ein dicker Kloß. Am liebsten wäre er aufgesprungen und aus dem Haus gerannt. Heim ins Kloster. Zu Bruder Johannes. Zu einer großen Tafel Vollmilchschokolade. Zu seiner Familie.

Mit einem Mal wurde die Stimme der Engel süß und klebrig wie ein Paradiesapfel vom Jahrmarkt.

»Wissen Sie, Pater«, begann sie und rückte den zweiten Sessel näher an den von Pius, ehe sie darin Platz nahm. »Mein Mann hatte keine Höhenangst.«

Pius' Herz krampfte sich zusammen. Hatte die Witwe nicht mehrfach betont, ihr Mann habe unter unerträglichem Schwindel gelitten, wenn er nur auf eine Leiter gestiegen sei?

»Er war aber jahrelang nicht auf dem Turm«, entgegnete Pius, dessen Stimme rau wie Zwieback war. »Zumindest seit ich in Spaichingen bin, habe ich ihn nie gesehen.«

Die Engel lachte scheppernd. »Der war bloß zu faul, um die Treppen hochzusteigen!«

»Und wieso kam er ausgerechnet in jener Nacht auf den Berg?« Pius platzte mit dieser Frage geradezu heraus.

Die Engel schien seine Aufregung nicht zu bemerken. »Der ist öfter mal spazieren gegangen, wenn er nachts nicht schlafen konnte. Er hatte extra eine starke Taschenlampe für diese Zwecke. Warten Sie mal!« Marlies sprang erneut auf, ging zum Wohnzimmerbüffet und wühlte in der obersten Schublade. Endlich brachte sie eine schwere Maglite zum Vorschein. Solche mächtigen Taschenlampen kannte Pius aus Filmen, wo sie meistens bei der Armee zum Einsatz kamen.

»Unkaputtbar!«

Pius ahnte, dass er gleich noch mehr zu hören bekommen würde. Und richtig: Marlies Engel lehnte sich, nun beinahe entspannt, gegen das Sideboard. Die armdicke Taschenlampe wiegte sie wie ein Baby in ihrem Arm.

»Manchmal kann ich auch nicht schlafen«, sagte sie.

Pius beugte sich ein kleines Stück vor, denn die Engel sprach nun sehr leise.

»Um ehrlich zu sein, ich habe seit Monaten kaum geschlafen.« Marlies Engels Stimme zitterte.

»Warum?«, ermunterte Pius sie zum Weiterreden. Er wusste selbst nicht, welches Teufelchen ihn ritt, doch plötzlich hörte er sich selbst sagen: »Frau Engel, wenn Sie reden wollen, dann tun Sie das. Aber ich bin nicht als Ihr Priester hier.«

»Ich pfeife auf das Beichtgeheimnis!«, rief Marlies. »Ich kann nicht mehr. Ich will nicht mehr. Ich habe wirklich die Schnauze voll von all dem hier.« Sie machte eine ausladende Handbewegung, die das Wohnzimmer, das Haus und sicher auch das Städtchen mit einschloss. Ihre Lippen zitterten und ihr Blick schien sich nach Innen zu kehren.

»Ja?«, ermunterte Pius sie zum Weiterreden.

»Bärbel«, presste die Witwe tonlos hervor. Ihre Augen füllten sich mit Tränen, die sogleich als zwei dicke Tropfen über ihre Wangen liefen und eine nasse Spur durch das Make-up zogen. »Diese Schlange hat Manfred den Kopf verdreht mit ihren dicken Brüsten und dem Gesäusel von einem gemeinsamen Leben.« Sie ballte die Hände zu Fäusten. »Wissen Sie, Pater, so was kommt vor, damit kann man leben, das geht auch wieder vorbei.« Marlies zog geräuschvoll die Nase hoch. »Und eine Weile sah es auch so aus, als ob mein Mann wieder zur Vernunft gekommen wäre. Aber dann stand eines Abends diese Person vor der Tür. Mit einem hellblauen Büchlein in der Hand.«

»Ein Mutterpass!«, rief Pater Pius.

»Bravo, Pater, so weltfremd seid ihr da oben also nicht«, konterte Marlies Engel und kniff den Mund zusammen.

»Das muss sehr schmerzhaft für Sie gewesen sein«, sagte Pius.

Die Engel nickte stumm. »Wissen Sie, das Balg kann ja nichts dafür, wir hätten schon dafür gesorgt, dass die Bärbel finanziell gesehen keine Schwierigkeiten macht.«

»Aber sie wollte mehr«, folgerte Pius.

»Richtig, sie wollte meinen Mann.«

»Aber?«

»Er wollte sie nicht. Er wollte das Kind, er wollte mich, sein Renommee als Bürgermeister. Und dann hatte er diese hirnrissige Idee: Das Geld aus dem Verkauf des Grundstücks an der Hauptstraße, genau jene Scheine, die sich in diesem Umschlag dort befinden, wollte er in die Renovierung des ›Bären‹ stecken.« Marlies Engel atmete schwer. Ihr Blick schien ins Nichts zu gleiten, als sie weitersprach. »Das hat er mir gesagt, eiskalt, dabei stammt dieses Grundstück aus dem Besitz meiner Familie, es ist also mein Geld, mir steht das zu. Ich wollte schon als Mädchen einen eigenen Laden haben und der alte Schuhladen ist doch perfekt! Ich wollte ihn sanieren, den Hafen ausbezahlen und ein Geschäft für Dekorationsartikel eröffnen. Feines Porzellan, kleiner Nippes aus Glas, schöne Kerzen, all so was. Aber nein, Manfred wollte der Schlange das Geld in den Rachen werfen. Es ist doch klar, dass man da nicht schlafen kann!«, ereiferte sich die Engel und fuhr, ohne auf Pius' Antwort zu warten, fort: »Ich bin ihm nachgegangen, weil ich dachte, der geht bestimmt zu seiner Hure. Aber Manfred ist auf den Dreifaltigkeitsberg gewandert. Ich hab mich gewundert, welches Tempo er an den Tag legt. Ich bin ihm kaum nachgekommen. Jedenfalls verschwand er in der Kirche, dieser bigotte Ehebrecher. Und wo finde ich ihn? Wie der beste Christ hockt er in der ersten Bank vor dem Altar und betet.« Aus Marlies' Mund stieben Spucketropfen, als sie weitersprach. Pius verkrampfte sich auf seinem Sessel immer mehr. Für ein Gebet hatte er keinen klaren Gedanken übrig.

»Der muss sich enorm erschrocken haben, als er mich gesehen hat.« Marlies Engel grinste. Ihr Blick war wirr. »Jedenfalls hat er gegurrt wie ein Täubchen und gesagt, er wolle mich nicht verlieren. Sie wissen schon, das übliche Blabla. Ich hab ihn reden lassen. Schließlich meinte er, er wolle mir etwas zeigen. Stand auf, ging auf die Empore, ich hinterher. Mein Mann langte hinter die Orgel und zog einen Schlüssel heraus.«

»Woher wusste er, dass dort der Turmschlüssel ist?«, platzte Pius heraus. Die kleine Luke hinter dem wuchtigen Instrument kannten nur die Patres und Brüder des Ordens.

»Das habe ich ihn auch gefragt. Er sagte, er habe als Kind einmal hinter der Orgel Verstecken gespielt und dabei die kleine Klappe entdeckt.«

Pius nickte und überlegte, dass die Brüder einen neuen Aufbewahrungsort für den Schlüssel finden mussten, wenn das alte Versteck offensichtlich enttarnt war.

»Wir sind dann auf den Turm gestiegen. Es war klirrend kalt, aber auch wunderschön. Spaichingen mit all seinen Lichtern lag uns zu Füßen. Die Sonne schickte erste zarte Strahlen, kaum zu sehen, ganz grau war das Licht.« Marlies Engels Blick wurde glasig. Sie starrte auf Pius, dann ins Nichts.

»Manfred sagte mir, dass er all das nicht verlieren wolle, nicht seinen Posten als Bürgermeister, nicht sein Ansehen. Aber auch nicht die Bärbel und nicht das Kind. Wenn ich die Ehe retten wollte, so müsste ich ihm das Geld geben.« Marlies presste die Hände vors Gesicht.

»Und dann hat er gesagt«, nuschelte sie hinter den Fäusten vor, »dass ich eben längst alt und verbraucht sei und dass das Interessanteste an mir noch mein Geld sei. Da habe ich ihn gegen die Brust geschlagen. Er stolperte und dann …« Der Rest ihrer Rede ging in Schluchzen unter. Pius fröstelte.

In seinem Magen bildete sich ein Klumpen. Ihm wurde schlecht.

»Ich habe mich hinuntergeschlichen, als ich Sie alle da unten stehen sah und bin durch die Sakristei raus.« Pius nickte. Er ahnte, dass Marlies Engel den Weg durch den Wald genommen hatte, um ins Tal zu kommen. Im fast

Dunklen hatte sie sich unbemerkt durch den Forst nach Hause schleichen können.

»Warum erzählen Sie mir das?«, fragte er schließlich.

Marlies Engel schniefte. »Weil ich mich auch mal erleichtern muss«, heulte sie und ging einen Schritt auf ihn zu. »Und weil Sie es sowieso niemandem mehr erzählen werden.« In ihren Augen blitzte es plötzlich auf.

Pius sah den schweren Schaft der Taschenlampe auf sich zurasen. Noch ehe er zum Schutz die Hände heben konnte, spürte er den dumpfen Schlag gegen seine Stirn. Dann wurde es schwarz um ihn.

Radio Donauwelle, eure Mittagsfrau Katja ist am Mikrofon. Wir sind nachher live mit Steven und Tom verbunden, die in Rottweil auf den Haftprüfungstermin von Marlies Engel warten. Die Witwe des verstorbenen Spaichinger Bürgemeisters hat einen Anwalt aus Stuttgart angeheuert, der uns in einem Telefoninterview weitere Auskunft geben wird.

Zuvor noch der Hinweis von unserem Werbepartner Optik Gebrüder Karl: Zum nächsten Ersten schließt die Filiale in der Königstraße. Das Optik-Fachgeschäft zieht in neue Räume am Marktplatz. Rechtzeitig zum Umzug wurden alle Brillengestelle nochmals drastisch reduziert.

Unsere Hörerin Hanna, die aus Tübingen zu Besuch in Hausen ist, grüßt ihren Mann Wolfgang mit ›Lady Madonna‹ von den ›Fab Four‹, den unvergessenen, unerreichten Beatles.

Das hölzerne Kreuz an der Wand schien zu schweben. Auf. Ab. Auf. Und wieder ab. Pius kniff die Augen zusammen.

»Immerhin ein Fortschritt«, sagte er zu sich selbst. Gestern war der hölzerne Heiland noch nach rechts und links geschwebt. Langsam stellte sein Gehirn also wieder auf Normalbetrieb.

Vorsichtig befühlte er den dicken weißen Verband. Das Schmerzmittel, welches die Krankenschwester ihm zum Frühstück kredenzt hatte, schien gute Dienste zu leisten. Pius griff nach dem kleinen Spiegel, den Bruder Johannes in der Lade seines Nachttisches deponiert hatte. Als er sich selbst erblickte, musste er lächeln: Wie er da so im weiß bezogenen Krankenbett thronte, den Verband um den Kopf und die Lippen dunkel von der eben gegessenen Schokolade, sah er beinahe aus wie ein indischer Sultan. Einzig das schwere Holzkreuz, das auf seiner Brust lag, erinnerte an den Gottesmann. Pius legte den Spiegel zurück und wollte eben nach einer neuen Tafel – dieses Mal Vollmilch – greifen, als es an die Tür klopfte.

»Herein«, rief Pius fröhlich. Das Erste, was er sah, war ein Berg Blumen: Nelken, Gerbera, Rosen in allen Farben des Regenbogens. Hinter dem Gebinde kam Verena Hälble zum Vorschein.

»Jetzt Grüß Gott, Verena!« Pius freute sich sichtlich, die Kommissarin zu sehen.

»Sie machen aber auch Sachen«, schimpfte Verena und legte das Ungetüm von Blumenstrauß auf das leere Nachbarbett.

»Einen Dickschädel wie mich haut so schnell nichts um«, entgegnete Pius und wies auf den Besucherstuhl.

Verena zog diesen an das Bett des Paters und setzte sich. »So was will ich aber trotzdem nicht noch mal erleben«, sagte die Kommissarin mit gespielter Strenge und drückte Pius' Hand.

»Es ging doch alles gut aus«, tröstete Pius sie und machte ein zerknirschtes Gesicht.

»Sie müssen nicht so gucken, Pater.« Verena lachte. »Ich weiß genau, dass es für Sie ein Triumph ist, dass Sie Marlies Engel quasi zur Strecke gebracht haben.«

»Wer da wen zur Strecke gebracht hat, ist ja noch die Frage.« Lachend trat Thorben Fischer ins Zimmer, in der Hand eine riesige Vase. Er begrüßte den Pater herzlich und machte sich dann daran, in der angebauten Nasszelle, die sich Badezimmer schimpfte, die Vase mit Wasser zu füllen.

»Was haben Sie denn mit dem angestellt?«, flüsterte Pius.

»Das ist eine lange Geschichte«, flüsterte Verena zurück. »Wir schreiben gerade erst am ersten Kapitel, sozusagen.«

Pius grinste über beide Backen. Auch wenn seine einzige Liebe, die Liebe seines Lebens, Gott galt, so ahnte er doch, was dieses mächtige Gefühl mit den Menschen anzustellen vermochte.

»Freut mich«, meinte er.

»Mich freut vor allem, dass Frau Engel hinter Gittern sitzt.« Thorben Fischer versuchte, die Blumen so in die Vase zu bugsieren, dass diese nicht das Gleichgewicht verlor.

»Wir haben sie am Flughafen in Stuttgart festnehmen lassen«, erklärte Verena. »Die Sache war so glasklar!«

»Frau Hälble, ich meine, Verena, wollte sich bei Marlies Engel eigentlich nur nach einer Formalität wegen der Obduktionsergebnisse erkundigen«, erklärte Thorben Fischer, der sich hinter Verena aufgebaut hatte und ihr nun die Hände fast besitzergreifend auf die Schultern legte.

Verena ließ es geschehen und Pius wunderte sich, was aus der borstigen Kommissarin geworden war. Daran konnte nur die Liebe schuld sein.

»Ich bin ums Haus gegangen, weil trotz Radiolärm keiner öffnete. Und da habe ich Sie auf dem Boden liegen sehen. Ehrlich, Pater, ich dachte, Sie seien tot, mit dem ganzen Blut um Ihren Kopf rum!«

»Der Herr wollte mich wohl noch nicht bei sich haben«, meinte Pius bescheiden.

Alle drei grinsten. Dann fragte Pius: »Und Marlies Engel?«

»Es war ein Leichtes, sie ausfindig zu machen. Direkt neben dem Telefon hatte sie auf einem Zettel die Flugdaten notiert. Anfängerfehler, würde ich mal sagen. Jedenfalls hat sie noch auf der Flughafenwache alles gestanden«, erzählte Verena. »Allerdings erst, nachdem die Kollegen ihr einen sündhaft teuren Salat und eine große Pulle Schampus aus dem Restaurant geholt hatten.«

Pius lachte.

»Sie wird wohl wegen Totschlags angeklagt werden«, redete nun Thorben weiter. »Leider hat die Presse sie schon als Mörderin abgestempelt, allen voran unser rasender Mike.«

Pius seufzte. Offensichtlich wurde es Zeit, dass er zurückkehrte auf den Berg, von wo aus er in die Geschicke des Städtchens besser eingreifen konnte als von seinem Zimmer in der Spaichinger Kreisklinik.

Verena sah ihn streng an: »Sie brauchen gar nicht so zu gucken, Pater, mit dem Mike werden wir auch ohne Sie fertig!«

»Und mit unseren Kriminalfällen ebenfalls«, fügte Thorben Fischer hinzu. »Um Jens-Uwe Engel und seine Sauerei im Freibad kümmern sich jetzt die Kollegen vom Wirtschaftsdezernat. Unser Ober-Banker wird auch noch ein paar unangenehme Termine haben in nächster Zeit.«

»Auch um Herrn Hafen kümmern sich die Kollegen«, ergänzte Verena.

Das Lächeln in ihrem Gesicht war milder, als Pius es jemals bei ihr gesehen hatte. So dann und wann geküsst zu werden, dachte der Pater, macht die Frauen einfach schön.

Er seufzte ergeben. »Nun gut, ich wollte ohnehin ein paar Wochen verreisen. Ich denke, Bruder Martinus in Rom wird sich über meinen Besuch freuen. Es gibt da wohl gewisse Unstimmigkeiten in den vatikanischen Finanzen, nachdem ein Kardinal unter ungeklärten Umständen zu Tode kam …«

»Nein!«, riefen Verena und Thorben wie aus einem Mund. Und Verena hob flehend die Hände gen Himmel: »Der Herr steh' uns und den Römern bei!«

WAS DANN GESCHAH …

Mike Ritter arbeitet noch immer bei der Lokalzeitung in Spaichingen. Seit dem Prozess gegen Marlies Engel ist ihm allerdings keine knallige Story mehr über den Weg gelaufen. Was nichts heißen will – er sei da an einer ganz heißen Sache dran, hat er den Autoren verraten.

Evelyne und Jens-Uwe Engel haben in der Stuttgarter Oper einen grandiosen Abschied aus dem Amt gefeiert. Der Ex-Bankier und seine Gattin haben sich, so sagen es die Gerüchte, mit der Bonuszahlung der Württemberger Bank im Schwarzwald ein Apartment gekauft und verbringen die Tage mit Nordic Walking und dem kleinen Beagle, den Evelyne sich gekauft hat.

Marlies Engel selbst war geständig. Der Prozess gegen sie wurde allerdings vertagt, da ihr Verteidiger ein Gutachten nach dem anderen anzweifelt. Derzeit befindet sie sich also noch in Untersuchungshaft.

Anja Sonnlein hat recht sonnig auf Thorben Fischers SMS, er sei nun mit Verena Hälble zusammen, reagiert. Sie schickte den beiden eine Karte mit dem Emblem des SWR.

Der ›Bären‹ blieb für sechs Wochen geschlossen. Für Schorsch und Erich waren das die härtesten Wochen ihres

Stammtischbruder-Daseins. Dann aber öffnete die Wirtschaft wieder. Mit dickem Bauch und voller Stolz weihte Bärbel an einem sonnigen Februartag die neue Zapfanlage ein. Verena und Thorben waren – nach Schorsch und Erich – die Ersten, die sich ein kühles Glas Bier servieren ließen.

Die neue Filiale von Optik Gebrüder Karl in Tuttlingen wurde bis heute nicht eröffnet. Einen Tag vor der geplanten Veranstaltung platzte ein Rohr in der Wand und setzte den ganzen Laden unter Wasser. Die Mitarbeiter sind jetzt für Optik Suttner und das neue Telefonhaus tätig.

Pius indessen weilt noch immer in Rom. Nach seinem privaten Besuch bei Martinus und zahlreichen in der Bar ›Pirandola‹ getrunkenen Litern Wein hat er sich in der ewigen Stadt zu Exerzitien zurückgezogen.

NACHWORT

Die Figuren dieses Romans sind frei erfunden. Wir, die Autoren, betonen nachdrücklich, dass Spaichingen für uns mehr als ein Schauplatz ist. Dieses wunderbare Städtchen mit seinen Einwohnern ist uns Heimat geworden.

Deswegen haben uns die Orte inspiriert, um eine Geschichte zu spinnen, die Sie, liebe Leser, hoffentlich genauso begeistert, wie sie uns beim Schreiben Freude gemacht hat.

Auf dem Dreifaltigkeitsberg geht es natürlich nicht so zu, wie im Konvent von Pater Pius. Die Claretiner, die in Wahrheit auf dem Berg leben, verdienen unseren vollsten Respekt. Ein besonderer Dank geht an den Superior, Pater Alois Andelfinger. Er hat immer ein offenes Ohr und war unser allererster Leser.

Dank auch an Kurt Heering von Colognemedia Network, einen unermüdlichen ›Sklaventreiber‹ und wunderbaren Agenten. Hiermit sei ihm der goldene Gartenzwergorden verliehen.

Silke Porath & Andreas C. Braun

Edi Graf
Verschleppt
978-3-8392-1310-0

»Ein Krimi um Menschenhandel im Europa des 21. Jahrhunderts. Erschreckend realitätsnah!«

An der Schweizer Grenze wird eine Rentnerin tot aufgefunden. Die Tübinger Journalistin Linda Roloff erfährt von dem mysteriösen Mord und ihre Neugier ist sofort geweckt. Bei ihren Recherchen stößt sie auf ein dubioses Speditionsunternehmen und lernt die Nigerianerin Hadé kennen, die von skrupellosen Menschenhändlern nach Deutschland verschleppt wurde, um hier als Prostituierte zu arbeiten. Als Linda schließlich selbst in die Gewalt der Menschenhändler gerät, beginnt ein Wettlauf mit dem Tod …

GMEINER

Wir machen's spannend

Marcus Imbsweiler
Glücksspiele
978-3-8392-1311-7

»Max Koller ist zurück! In einem Fall, der ihn durch die gesamte Republik führt. Spannend, humorvoll und authentisch.«

Olympia wirft seine Schatten voraus. Auch die deutsche Marathonhoffnung Katinka Glück sieht in den Spielen ihren Karrierehöhepunkt. Dann aber legt man der Läuferin anonym einen Startverzicht nahe. Schon bald kommt es zu versteckten Drohungen und Einschüchterungsversuchen. Steckt die Konkurrenz hinter diesen Machenschaften? Privatermittler Max Koller wird zum Schutz der Athletin eingeschaltet. Was für ihn mehr Bewegung bedeutet, als ihm lieb sein kann. Als dann auch noch ein Mord geschieht, kommt es zu einem dramatischen Finish.

GMEINER

Wir machen's spannend

Bernd Leix
Fächerkalt
978-3-8392-1324-7

»Ein abwechslungsreicher Krimi mit einem sympathischen, menschlichen Kommissar ermittelt, einem rätselhaften Mordfall und authentischen Ortsbeschreibungen.«

Konstantin von Villing gesteht: Er hat seine Tante auf dem Gewissen. Erhängt. In einem Schrank. Doch auf dem Anwesen im Karlsruher Stadtteil Knielingen finden sich weder Schrank noch Leiche. Und es wird noch rätselhafter: Alle Gebäude sind komplett leer geräumt; kein einziges Möbelstück steht mehr dort.

Kommissar Oskar Lindt kann die Nähe des Todes in den alten Sandsteingemäuern förmlich spüren. Und auf seinen Instinkt ist Verlass.

Unsere Lesermagazine

2 x jährlich das Neueste aus der Gmeiner-Bibliothek

24 x 35 cm, 32 S., farbig; inkl. Büchermagazin »nicht nur« für Frauen

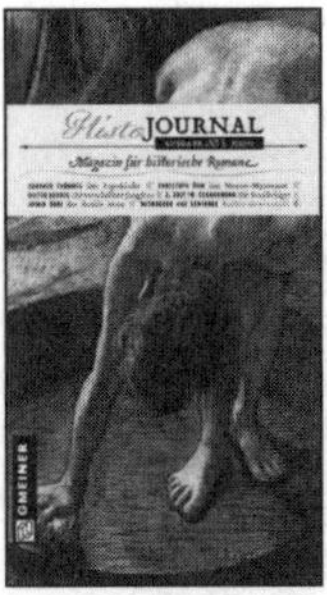

10 x 18 cm, 16 S., farbig

Alle Lesermagazine erhalten Sie in Ihrer Buchhandlung oder unter www.gmeiner-verlag.de.

GmeinerNewsletter

Neues aus der Welt der Gmeiner-Romane

Haben Sie schon unsere GmeinerNewsletter abonniert?

Monatlich erhalten Sie per E-Mail aktuelle Informationen aus der Welt der Krimis, der historischen Romane und der Frauenromane: Buchtipps, Berichte über Autoren und ihre Arbeit, Veranstaltungshinweise, neue Literaturseiten im Internet und interessante Neuigkeiten.

Die Anmeldung zu den GmeinerNewslettern ist ganz einfach. Direkt auf der Homepage des Gmeiner-Verlags (www.gmeiner-verlag.de) finden Sie das entsprechende Anmeldeformular.

Ihre Meinung ist gefragt!

Mitmachen und gewinnen

Wir möchten Ihnen mit unseren Romanen immer beste Unterhaltung bieten. Sie können uns dabei unterstützen, indem Sie uns Ihre Meinung zu den Gmeiner-Romanen sagen! Senden Sie eine E-Mail an gewinnspiel@gmeiner-verlag.de und teilen Sie uns mit, welches Buch Sie gelesen haben und wie es Ihnen gefallen hat. Alle Einsendungen nehmen automatisch am großen Jahresgewinnspiel mit attraktiven Buchpreisen teil.

GMEINER

Wir machen's spannend